ウサギの国のキュウリ

松雪奈々

幻冬舎ルチル文庫

CONTENTS ✦目次✦

✦カバーデザイン＝齊藤陽子(CoCo.Design)
✦ブックデザイン＝まるか工房

イラスト・コウキ。

ウサギの国のキュウリ

乾いた大地にあまたの血が染み込む。

敵の雄叫《おたけ》びと味方の断末魔が砂塵《さじん》の中からかなたまで響き渡り、天にのぼって消える。

神話の頃から続く、鳥族と亀族の領土紛争が激化して数年。

鳥族の長《おさ》である父とともに逃れられない運命に腹をくくり、一族を率いていくさに身を投じてきた俺は、味方が壊滅しつつある現状を目《ま》の当たりにしても心を動かすことはなかった。

もはやこれまでか、と淡々と覚悟する。

長らく続くいくさは俺の心を疲弊させ、感情と表情を奪っていった。

長の息子に求められるのは、極限でも動じない冷静なふるまいと、自信に満ちた行動力。

生来、感情表現は不器用なほうだったが、求められるようにふるまううちに、自然と無感動な男になっていた。

いったい何人の命を奪ってきたか。

何人の仲間を無駄死にさせてきたか。

ふり返ってみても、信念と後悔のはざまで血を吐くような苦悩を抱《いだ》くこともすでにない。

自分も屠《ほふ》られるのは時間の問題である。

いますぐこの場で斬首はなくとも、裁判ののちにさらし首か、あるいは流刑先で殺されるか。

残されたわずかな時間、なにを思うか。

ひとつため息をつき、天を仰ぐ。

最後に死んでいった重臣たちの姿を思い浮かべようと目を閉じた。

するとなぜか、子供の頃に出会った、ある少年の面影を思いだした。

鳥族のような翼を持たず、また亀族のような甲羅も持たない、頭にうさぎのような長い耳を持つ、大柄な少年。

どうしてこんなときに彼のことを思いだすのだろう。

彼と過ごした日々だけが、俺の人生の中で唯一、色鮮やかだったからか。

ああ、そうだ。

彼の笑顔を見ると胸が温まり、彼のそばにいるときだけは、ふしぎなほど心がくつろいだ。

幸せというものを知った、最初で最後の出会いだったんだ。

彼がこの地にいたのはほんのつかのまで、いまはいない。

戦死したわけではなく、言葉通り、この地から去ったのだ。

まぶたを開き、目に染みるような青い空を見あげて、この世界のどこかにいるであろう彼へと思いを馳《は》せる。

——十四朗《じゅうしろう》。

どうしているだろう。

幸せに暮らしているだろうか。
俺の人生もまもなく終わるだろう。
そのまえに、いちどでいいから会いたかった。
ひと目でいいから、あの穏やかな微笑《ほほえ》みをもういちど目にしたかった。
たぶんそれで俺は、悔いなく死ねるだろう。

一

ぬおお、これはいったいどういうことかっ。

これこそ神の思《おぼ》し召しというものなのだろうか。


ことの起こりは今朝早く、とある密命を帯びたことからはじまった。

「よいか十四朗。そなたの理性の強さを見込んでのことぞ。くれぐれも頼みましたぞ」

我が親族の誇りであり、尊敬してやまない神主、佐衛門《さえもん》から直々に仰せつかったのである。

私こと黒田《くろだ》十四朗は齢《よわい》十九にして初めての任務にこれ以上なく緊張し、頭の中であれやこれやと渦巻く煩悩をふり払いながら屋敷を出立した。

あとをついてくる不審者はいないか気を配りながら、木綿の着物の裾《すそ》を翻してひたひたと歩き、役場の大門を出、大通りを進む。

大通りには雑貨屋、茶屋、着物屋などが軒を並べ、人々がちらほらと行き交う。威勢よくせかせか歩く爺《じい》さん。よちよち歩く子供と母親。茶屋の店先では年頃の女性ふたりが団子を頬張《ほおば》ってかしましく喋《しゃべ》っている。

このウサギの王国に兎神《うさぎがみ》がやってきてから、街は急速に発展している。

兎神というのはその名の通り、神である。

古くから伝わる伝承の通りに、この地を飢饉《ききん》から救うために日本という月の国からやってきた、見目麗しい方である。

我ら人間には頭に長い耳があるが、神にはない。それから身体《からだ》も華奢《きゃしゃ》で小柄だ。

本人は、この地味顔のどこが綺麗《きれい》だと謙遜《けんそん》するが、私たちから見たら、余分なもののないすっきりとした顔立ちや、長く艶《つや》やかな黒髪、ほっそりとしていやらしそうな身体つき、すべてがこの世のものとは思えぬほど麗しく妖艶《ようえん》で、見る者を一瞬にしてとりこにしてしまう。

本人は無自覚らしいのだが、濃厚な色香を常に放っていて、誰彼かまわず誘惑するのである。

言い伝えによると、神は国を救う代わりに、性的なもてなしを欲するということで、王がもてなし役として毎朝毎晩抱いている。にもかかわらず、神はそれだけでは満足できないのか、無意識にほかの者を誘惑してくるのだから恐ろしい。

あまりの魅力にうっかり近づきたくなるが、骨抜きになるのは目に見えているし、万が一ふれたりしたら、王に殺されるだろう。

神にふれても許されるのは、王だけなのだ。

半年ほど前に兎神の式神《しきがみ》のひとりもやってきたのだが、そちらは王弟がもてなしている。

式神は兎神が使役する神で、兎神の仕事を手伝うために降臨したらしい。

式神も兎神とはまた異なる魅力を備えており、輝くばかりに美しい、いやもう実際、後光が輝いているのだが、なぜかこちらも、自分は平凡だと謙遜する。

神々の奥ゆかしい性格もまた愛らしく魅力的で、国民の人気はうなぎ登りである。

そんな彼らには当然世話係がいる。

神主見習いの集団がその任務にあたっている。

私は神主見習いであり、世話係見習いの身でもある。

神主はもちろんのこと、世話係も栄誉ある職であり、過酷な訓練がある。誰でもなれるものではない。

今回私が神主佐衛門から受けた密命は、世話係に採用されるか否か、試験の意味も含まれている。

もし見習いから世話係に昇格できたらこれほど喜ばしいことはないが、ここで失敗したら、世話係にはなれない。

これまで必死に勉強し、鍛錬を重ねてきた、その努力を実らせるためにもかならず任務をまっとうし、生きて帰還するのだ。

使命をくり返して胸に刻み、気を引き締めて道を急ぐ。

手には風呂敷包みを抱えている。万が一この中身を誰かに知られ、奪われでもしたら、私の命はないだろう。

ちなみにこの国の文化は月の国に似ているそうで、街並みは、兎神が言うには「江戸時代」という雰囲気なのだそうだ。

兎神のお陰で活気にあふれるようになった街を見るとこちらも楽しい気分になるのだが、今日はそれどころではない。道行く人のすべてがこの風呂敷包みの中身に興味を持っているのではないか、もしかしたらすでに中身を知っていて、奪う機会を狙《ねら》っているのではないか、用心のために木刀を携えてきたが、それが逆に不自然さを強調し、注目を集めやしないか、ほら、いま目があった男も、これがほしそうな顔をしている、などと猜疑心《さいぎしん》が膨らんでしまう。

誰もこの中身を知らなかったとしても、もし私が風呂敷を落とし、中身をさらけだしてしまったりしたら、その瞬間にこののどかな大通りが阿鼻叫喚《あびきょうかん》の地獄絵図になる。確実に。

私自身、風呂敷の中身について想像するだけで――と、いかんいかん。考えてはだめだ十四朗。すこしでも想像してしまったら、任務を遂行できなくなる。

私の資質を買ってくれた佐衛門の期待に応えるためにも、やりとげるのだ。

私は風呂敷をしっかりと抱え直し、大通りから職人街へと通じる小道へ入った。小道へ入ると人通りが途絶え、家々の窓から長い耳が見え隠れしていたり、忙しく働く住人の姿が垣《かい》間見《まみ》える。それらを横目にしばらく進んでいくと、家と家の間隔があき、ちいさな畑や空き地が目立つようになり、集落のはずれに目的の工房が現れた。

鍛冶《かじ》屋である。

私は戸口の前までくると立ちどまって深呼吸した。

「ごめんください。王邸の使いの者です」

慎重に名乗りながら引き戸を開ける。

すると広い土間の中央に、うつぶせに倒れている男性がいた。室内の空気は血なまぐさい。

「だ、だいじょうぶですかっ」

事故か病気か殺人事件か。ただごとではない事態に、私は急いで男性に駆け寄り、抱き起こした。

顔を見ると、鼻血を垂れ流していた。着物も真っ赤に染まり、多量に出血した形跡がある。

「むう、すまぬ。だいじょうぶだ」

男性は鍛冶屋の親方で、意識があった。

親方は鼻血をぬぐうと、ぜいぜいと荒い呼吸をしながら自力で身を起こした。

「おぬし、王邸からの使いと言ったな」

「はい。黒田十四朗と申します」

名乗ると、親方が「十四朗」と呟《つぶや》きながら私の顔に焦点をあわせ、やがて納得したようになんどか頷《うなず》いた。

「おお、あの十四朗か。たしかに子供の頃の面影があるな。凛々《りり》しくなったものだ」

私は子供の頃のとある事件により、多少名を知られている。

「おかげさまで世話係見習いになりました」

「ほほう。立派になったものだな。見目も、いい男になった」

「ありがとうございます。それで、例のものを受けとりにまいったのですが、そのご様子はいかがなされました」

「おお、それよ」

「まさか、盗人《ぬすっと》に襲われたのですか」

「いや違う。注文の品が完成したのだ」

親方が立ちあがり、ふらふらとおぼつかない足取りで土間の奥にある作業台へむかった。

「依頼を受けてから、己の忍耐と対峙《たいじ》する、苦しい日々が続いた……。初めての試作品のときは、なんど失神したかしれないが、今回は三度目。わしも慣れてきたつもりだったのだが……」

親方は作業台にあった脱脂綿を丸めると、鼻の穴につめた。それから布の包みを手にとってこちらへ戻ってきて、包みを開いて中のものを私に見せた。

「これを……わしが作ったこれで、あの兎神が髭《ひげ》を剃《そ》ると想像したら、意識が朦朧《もうろう》としてしまってな。なかなか作業が進まなかったのだが、ようやく仕上がった」

カミソリである。

ぬおお……。

なんと淫《みだ》らではれんちで、目の毒であろうか。鋭利な輝きは見る者の心の闇《やみ》に巣食い、欲望を刺激する。

我々人間は髭が生えないため、これを使用するのは神のみである。

カミソリ自体は淫らな形をしているわけでもないのだが、どうしたってそこから髭剃りを連想してしまうのだ。

あの、全人類の性的象徴、魅惑の髭剃り。

見てはいけないものを見てしまった背徳感を覚え、私は急いで目をそらした。

これ以上見ていたら、私もきっと、親方とおなじように鼻血をだすだろう。もしかしたら興奮しすぎて吐血してしまうかもしれない。

危険だ。早く仕事を片付けたほうがいい。

「今度のは、兎神の指示通りに角度を調整できている」

「たしかに、お預かりします」

私はそれを受けとると、そそくさとしまった。

「それから本日は、兎神から新しいご依頼を預かってまいりました」

言いながら、持参した風呂敷包みを開いた。

「こちら、前回親方に作っていただいた品なのですが、刃を研いでいただきたいのです」

使用後、兎神と王の交わりがはじまってしまったためにすみやかに片付けることができず、錆《さび》ついてしまったのだ。事情を説明すると、親方がカミソリを凝視し、わなわなと声を震わせた。

「使用済み、だと……？」

親方の鼻の穴につめられた脱脂綿がふたつ、ポンと飛び、ぶほっと鼻血が噴きだした。

「親方っ⁉」

出血しすぎで貧血を起こしたのか、はたまた下半身が困ったことになったのか、親方が前のめりに倒れる。その身体を慌てて支えた。

「しっかりしてください」

「すまぬ」

親方は鼻血を垂らしながら、ふと私を見あげた。

「十四朗、先ほどから平然としているな。おぬしはこれを見て、なにも感じぬのか」

「感じぬわけではありませんが」

「若いのに、すごいな。よくも冷静でいられるものだ」

「これでも世話係見習いなのです。日頃の鍛錬のたまものです」

そう。世話係は兎神や式神の前で、欲情した姿を見せてはならぬ掟《おきて》があるため、表情にださない訓練を重ねているのだ。

常人はカミソリを見ただけでも親方のように鼻血をだすが、訓練された世話係ならば内心はどうあれ表面上は理性を保っていられる。

基本中の基本で、これができなければ世話係は務まらない。

ただし、実際に兎神が髭剃りをしている姿を目撃してしまったら、さすがに無理だ。

先日、髭剃りを目撃して欲情してしまった世話係が即刻係から外されてしまった。岩のように強く強靭《きょうじん》な自制心を持っている者でないと、世話係は務まらないのである。

神の魅力は抗《あらが》い難く、そのため世話係はいつでも人手が足りない。

「親方。また改めて伺います。今日はお休みになってください」

「うむ。なんでもない刃物ならば、いますぐ研げるが、これは……。これ以上はわしも無理だ。預からせていただく」

鍛冶屋というのも、なんと過酷な仕事だろうか。多量の血を失い、死ととなりあわせでカミソリを作らねばならない……。

私は親方に付き添って寝床に休ませると、代金を支払い、新しいカミソリを風呂敷に包んで鍛冶屋をあとにした。

このあとはまっすぐ屋敷へ戻り、カミソリを佐衛門に届けたいところなのだが、もうひとつ、言付かっている。

海辺にいる漁師のところへ行き、神々の昼食用の魚をもらってくることだ。普段は漁師が屋敷へ魚を届けてくれるのだが、今日は私が受けとりに行く。

聖人の教えにより、一般人は海に近寄ることを禁じられている。

ワニがいるので海は危険な場所だ。しかし式神が時々海辺に出かけるため、世話係もお供することがある。そのときのために、これもまた試験なのだ。

波打ち際に近づかなければワニは襲ってこないと聞いているし、万が一襲われたとしても、腕には自信がある。身長や体格などは平均的な男並みだが、筋力と瞬発力があり、年にいちど開催される東京《とうきょう》市《し》尻相撲《しりずもう》大会では必ず上位に残っている。だからこの務めはさほど問題ないと思う。

サクサク歩いて街から離れ、雑木林のむこうにある海辺へむかった。

歩きながら、先ほどの鍛冶屋での一件を思いだす。

親方に冷静だと言われた。

私の理性の強さは、佐衛門や世話係の先輩たちをも時々驚かしている。

冷静でいられる理由を、親方には日頃の訓練のたまものだと答えたが、たぶんそれだけではない。

兎神や那須《なす》の式神は魅力的だが、それよりも強烈に心を惹《ひ》きつけられる存在を知っているからではないかと思う。

十歳の頃、私は二週間ほど神隠しにあったことがある。

親が目を離した隙《すき》に忽然《こつぜん》と消えたらしく、山の天狗《てんぐ》に連れ去られたか、海のワニにやられたかと地域の大人たちが探しまわってくれたのだ。鍛冶屋の親方が私を知っていたのも、このときの捜索に協力してくれたためだ。

大がかりに探しまわってくれたそうだが、どこにも見当たらず、みんなが諦《あきら》めかけた二週間後にひょっこり戻ってきたという。

二週間どこでなにをしていたか、詳しいことはよく覚えていない。

ただ、そのあいだずっと、神といたことは覚えている。

気がついたら見知らぬ場所にいて、神々になぜか殺されそうになっていた。

それを、ひとりの神が助けてくれたのだ。

その後も心細く思う私を、その方は一生懸命慰め、励ましてくれた。

あの方と初めて出会ったあのときの衝撃はいまでも忘れられない。

たぐいまれな美貌《びぼう》に、蠱惑的《こわくてき》に輝く瞳《ひとみ》。高貴で毅然《きぜん》とした態度から溢《あふ》れる温かい優しさに圧倒され、十歳の私はなにもわかっていなかったのに、自分はこの人と出会うために生まれてきたのだと瞬時に悟った。あのときからずっと、私の心はかの方にとらわれている。

神がどういう目的で私を呼び寄せ、帰したのかも知らない。

どんな理由でもいい。

もういちど、会いたい。

神の名は九里《きゅうり》と言った。

言い伝えによると、兎神はナスとキュウリを式神にするという。

半年前に来た式神、那須は兎神の神力で人の形になったナスだ。

ということは、九里も式神なのかもしれない。

そう気づいた私は、思いきって兎神と那須の式神に、九里について尋ねてみたことがあるのだが、ふたりとも九里という神は知らないという。

九里はたしかに存在していたのに。

夢や幻ではない。目を閉じればいまでも鮮やかに、あの姿を思い浮かべることができるのに。

「元気でいるだろうか……」

会いたい。

また会えるのならば、なんでもする。

手の届くはずもない人のことを想いながらせつなくため息をこぼしているうちに、坂道をのぼりきった。

目的の漁師の家は崖《がけ》の上にあり、主人が私の来訪を待っていた。事前に頼んであった魚を籠《かご》ごともらい、来た道を引き返す。

漁師の家からしばらくはゆるやかな坂道になっていて、崖の下にある砂浜が見下ろせる。

海に近づいたのは久しぶりだった。

潮の香りに誘われて、なにげなく砂浜へ目をむける。

すると。

「……あれ」

私ははたと立ちどまった。

波打ち際に、倒れている人の姿が見えた。

いやに細く小柄なようだが、子供だろうか。

きっとそうに違いない。海がいかに危険か理解していない子供は、親の目を盗んでこっそりやってきてしまうのだ。

「大変だ」

あれではワニの餌食《えじき》だ。

私は籠をその場に置き、風呂敷を懐へしまうと、坂道を駆《か》けおり、浜辺へむかった。

幸いなことにまだワニには見つかっていないようで、それはよかったのだが、砂を蹴散《けち》らして近づくうちにおかしなことに気づいた。

その人は横むきに倒れているのだが、縦と横の比率がおかしいのだ。子供にしても細すぎる。我々人間で、あれほど華奢な者は存在しない。

おかしいのはそれだけではない。

背中から、鳥のような翼が生えているようなのだ。

「翼……？」

遠目には黒い服を着ているのかと思ったのだが、どうも翼に見える。

肌は浜の砂よりも真っ白なのに、羽の色は黒。

しかも、頭に耳がない。

服装は着物ではなく、式神が月から着てきたような格好に似ている。それから髪がとても長く、背中の中程までありそうなそれをひとつに束ねて結いあげている。

以前那須の式神が、浜辺にはぴーちの妖精がいて球技をしていると言っていたことを思いだした。

あれがぴーちの妖精だろうか。

いや、しかし、ぴーちの妖精は引退したとも聞いた。

妖精って引退できるものなのだろうか。

式神の言葉を疑うつもりはないが、素朴な疑問に首をひねったとき、ふいに遠い記憶が頭をかすめた。黒い翼を持つ存在を、私は知っていた。

まさか、と思う。

あの人はもしかしたら――。

すぐそばまでたどり着くと、私は膝《ひざ》をつき、恐る恐るその顔を覗《のぞ》き込んだ。

人間のような赤毛ではなく、艶やかな黒髪。

人間のような浅黒い肌ではなく、透けるような白い肌。

人間のような彫りの深い顔立ちではなく、目も鼻も口も小作り、とくに唇は赤子のように柔らかそうで、桜の花びらのよう。それから柳のようになだらかな曲線を描く眉《まゆ》。全体的に彫りが浅く、兎神や那須の式神と共通する、すっきりとした品のよい顔立ち。

人間とは別次元の美貌がそこにあった。

街で売られているこけし。あれは理想の美人として天女のようにすっきりとした顔に描かれるが、まさにあんな感じだ。

どこからどう見ても、欠点がない。この世のものではない清楚《せいそ》で可憐《かれん》で神々しい美貌と、たおやかで色気に満ちた肢体。

見た目の年齢は二十代前半ぐらいだろうか。

その美しすぎる容姿は、あきらかに神だった。

「う……そ……」

驚きのあまり、私は息をするのも忘れた。身体が震える。もしかしたら心臓もとまっているかもしれない。

私が驚いたのは、美しさだけではない。

その容姿に見覚えがあったのだ。

「……九里さま……」

記憶よりも数段美しく成長した姿。海辺という危険な場所であることも忘れ、ただただ目を奪われた。

この九年間、一日も欠かすことなく会いたいと切望し続けてきた相手と唐突に再会できて、にわかには信じられず、夢の世界に迷い込んでしまったような気がした。

九里は目を覚まさない。

息をしているから、生きているのだろう。だがこんなところに倒れているなんてただごとではない。

さわってもいいだろうか。

ふれたら消えてしまったりしないだろうか。

「………」

停止していたかもしれない心臓が、存在を思いださせるように激しく鼓動した。それを合図に、私はほとんど衝動的に右手を伸ばした。

その頬に指先がふれる瞬間、神のまぶたが動き、瞳が開いた。

つぶらな瞳は蠱惑的な茶色をしていて、視線がぶつかった刹那《せつな》、胸になにかが突き刺さったような衝撃を感じた。

記憶の通り、美しい瞳。

やはり、間違いない。

この方は九里だ。

ついに再会したのだ。

一生涯、忘れることができそうにない、運命の人に。

彼は最初、意識がはっきりしないのか、夢の中にいるようなぼんやりとした目つきをしていたが、にわかに驚いたように目を見開いた。

「あ……」

九里が桜色のちいさな唇を開き、愛らしい声を発した。

私は無遠慮に伸ばしていた手を慌てて引っ込めた。

いけない。世話係見習いふぜいが、神にふれてはならないのだった。

「だいじょうぶですか」

神は身を起こしながら私の頭へ視線をむける。

「う、ん」

「あなたは、九里さまではありませんか」

尋ねる声が、わずかに震えた。

「え……」

私は必死なあまり、やや前のめりになって重ねて尋ねた。

「九里さまですよね？　そうですよね？」

「たしかに俺は九里だが……」

彼が肯定するのを聞き、私は呼吸をとめた。

夢じゃない。

感情が高ぶり、私はこらえきれずにくしゃりと顔をゆがめた。涙で視界がにじむ。

「な、なに……」

「っ……、九里さま……私……私は……」

抱きしめてしまいたいのをこらえて、こぶしをぐっと握る。

「私は……十四朗です。覚えておいででしょうか」

「十四朗？」

「はい。いまから九年前――」

説明をはじめたそのとき、彼の背後に黒い影が忍び寄っていることに気づいた。

禍々《まがまが》しい岩のような姿をした巨大なワニが海からぞくぞくと姿を現している。

なんという失態。九里の存在に気をとられ、これほどまで近づかれるまで気づけなかった。

口を開くまもない。ワニがいっせいに大口を開けて躍りかかってくる。九里は華奢で可憐な方だ。自分が守らねばととっさに神の手を引き、抱き寄せる。ほぼ同時に、食いつこうとしていたワニがバクンと口を閉ざす。

「っ」

間一髪免れたか、と思ったが、後方でメリ、と奇妙な音が聞こえ、九里がかすかにうめいた。見れば、翼を嚙《か》まれていた。

「この……っ、離せっ！」

私は脇に差していた木刀をつかみ、九里の翼に食いついているワニへむかった。ワニと戦った経験はないしこんなに近くでワニを見ること自体初めてだが、怖がっている場合ではない。九里を助けなければと、渾身《こんしん》の力を込めて木刀で叩いたが、硬い皮膚をいくら叩いても効力がなく、ワニの牙《きば》は翼を放そうとしない。

これまで、ワニに襲われて助かった者などそうそういない。

兎神がこの国へやってきた日にワニに襲われ、王が打ち払ったが、そんなことができるのは王ぐらいだ。

力と瞬発力があると自負していたが、特別な武術を習得しているわけでもない、所詮《しょせん》神主見習いの自分では歯が立たなかった。

「くそっ！」

どうしたらいい。

たとえこの身に代えても九里を助けたい。絶対助ける！

「十四朗、目を狙えっ」

と、そのとき、九里がワニの目をめがけて砂を投げつけた。目くらましにあったワニの動きがほんの一瞬だけ停止する。その隙を逃さず、私は木刀でワニの目を突いた。

ワニの口が緩み、九里が自力で脱出する。

やった。

「油断するな！」

ほっとするまもなく、九里が厳しい声をあげてこちらへ突進してきた。気配を感じてふり返ると、私の背後、足元には複数のワニが迫っていた。足を食われる、と思った瞬間、小柄な九里の身体が私の胸にぶつかり、宙に浮いた。

浮いたのはほんのつかのまだった。

大きく広がった翼がはばたこうとしたが、ワニに食いつかれたほうの翼がうまく開かず、均衡を崩した。ふたりとも砂浜に転がる。

私はすぐに立ちあがり、九里を小脇に抱えて雑木林のほうへ駆けだした。

ワニに襲われたら海から離れるのが一番だ。

緩やかな傾斜のある砂浜を無我夢中で駆け、地面が砂から土に変わった辺りでふり返ってみると、ワニたちが静々と海へ戻っていくのが見えた。

全部で十頭はいただろうか。

思いだして、いまごろ鳥肌が立った。

それにしても、可憐でか弱そうに見える九里が、あんなふうに機転を働かせ、自らワニに立ちむかおうとするとは思わなかった。ふつうの人間なら、ワニの姿を見ただけで怯《おび》えて身体がすくみ、なにもできなくなるというのに。

兎神も那須の式神も、さほどワニを恐れない。

九里も神だから、恐れないのか。

容姿だけではない、その精神性も神であることは間違いがなかった。

「あ……九里さま？」

必死なあまり、乱暴に抱えてしまった。神の様子を見ると、意識を失っている。翼から出血しているようで、服が赤く染まっていた。

「なんてことだ」

なんてことだ。なんてことだ。

そう心の中でくり返し呟いていた。焦燥と狼狽《ろうばい》で気持ちが混乱していた。

神には指一本ふれてはならぬという掟のことはすっかり忘れ、神をいったん地面におろし、両腕で抱え直すと、屋敷への道を急いだ。

二

「あっさり、ですよね」

「うん。俺ほどじゃないけど、地味顔だなあ。身長も、俺とおなじか、すこし低そうだ」

「でも稲葉《いなば》さん、あれは……」

「うん……翼は本物だしなあ」

「いったいどこから……」

遠ざかっていく話し声で目が覚めると、俺は布団の上に寝ていた。

場所は見知らぬ和室で、ほかに誰もいない。

作りが故郷の自室にとても似ているので故郷にいるのかと思ったが、違う。見まわしてみると天井が高く、部屋も広い。

自分がちいさくなったのかと混乱しかけ、身を起こそうとしたら右翼の中間に激痛が走った。

「っ」

なんだこの痛みは。

そうだ。ワニに噛みつかれたんだ。浜辺にいて。でもどうして浜辺に？

ああ、そうだ。嵐で舟が転覆したんだ。ということは俺は、助かったのか。

戦いの末に捕らえられた俺は、島送りにされていたところだったんだ。

痛みをきっかけにして、ひとつひとつ、ガラスの欠片《かけら》を拾い集めるように記憶を思いだしていく。

「助かった、か……」

舟が転覆したとき、自分の人生は終わったと思った。

それがどうやら、生き延びたらしい。

心はいまだ疲れ果てていて、まだ生きながらえていることに対する喜びも感慨もない。亀族に見つかったら面倒だなと憂鬱に思い、それから浜辺で出会った十四朗のことを思いだした。

ウサ耳の生えた大男だった。

「十四朗……」

男は、目を瞠《みは》るほど見目よい顔をしていた。彫りが深く、整った顔立ちは穏やかそうだったのに、俺を見つめる瞳はぞくっとするほど激しくきらめいていて、魅了された。

瞳の色は茶色っぽいが、よく見ると虹彩《こうさい》の縁が赤みがかっていて、目を離せなかった。

九年前に出会った十四朗のことは覚えている。

よく、覚えている。

つい先日、いくさの最中にも思いだしてしまったぐらいだ。

ウサ耳の生えた人間なんて俺の国にはいないから、初めて見たときはたまげた。当時十三歳だった俺よりも大きな身体をしていたが、十歳らしく、まだあどけない顔をしていた。

あの十四朗と、同一人物なのか。

俺のことを知っているウサ耳のある男なんて、あの十四朗しかいないのだから同一人物なのだろうけれども、格好よくなりすぎじゃないか。

あいつとは、もう二度と会うこともないと思っていたのに。

「まさかまた巡り会うとはな……」

死ぬ前にもういちど会いたいなんて望んだから、神が会わせてくれたのだろうか。

過去のあれこれを思い返すと、信じられないような、信じざるをえないような奇妙な気分だった。

俺の国では、族長の息子が十三歳になると、ある儀式をおこなう。

魔術師が魔方陣を描き、伴侶《はんりょ》となる者を召喚するんだ。

実際には、本当に魔力を持つ魔術師なんていないから、あらかじめ親が選んだ年頃の娘が裏で待機していて、儀式で引きあわされるんだが、この儀式は神聖で絶対的なものと考えられていて、引きあわされたふたりは必ず伴侶となる。

たとえ親が選んだとしても、それが自分にとって運命の相手であるから、互いに素直に受け入れ、生涯、相手だけを愛することと、伴侶にしか肌を見せないことを誓いあう。

もともと鳥族は浮気などしない誠実で高潔な民族だが、この儀式で伴侶を決められたふたりは、とくに絆《きずな》が強く結ばれる。

族長の息子である俺も、しきたり通りにその儀式をしたんだ。俺の伴侶に選ばれたどこかの令嬢も、事前に待機していただろう。だが、儀式をおこなったら、魔方陣から十四朗が現れた。

魔術師は、自分は本物の魔術師で、これはちゃんと方術をおこなった結果なのだと主張していたが、俺の親は猛烈に怒った。なにしろ十四朗はウサ耳が生えていたし、翼もない。

こんな者を息子の伴侶にできるか、すぐにやり直せと父親が魔術師に言ったが、魔術師は十四朗こそ俺の真の伴侶なのだから、やり直しようがないと言う。ならば殺せと父親が命令をくだす。

仲裁に入ったのは俺だ。

十四朗を元の場所へ帰せばよかろうと、どうにか話をまとめたんだが、術の準備で二週間待たなければならないということだったんで、そのあいだは俺が十四朗の面倒をみた。

十四朗は俺に懐いてくれて、俺も気に入っていた。

殺さない代わりに必ず元に帰すと父親と約束したため、そのようにしたが、本当はずっとそばに置いておきたかった。

十四朗の出現で、俺は自分の島国の外にもべつの島国があることを知った。

「あの十四朗がいるってことは……」

今度は俺が、あいつの国に来たってことか。

現状をいまいち把握していないが、彼が俺を助け、ここへ運んでくれたんだろうか。

異常にたくさんワニがいたけど、あいつ、ケガしてないかな。

浜辺での戦いを思いだしながらそっと身を起こすと痛み以外にも違和感を感じたので身体を見おろしたら、なんと服を着ていなかった。下着すらつけていない。

自分で脱いだ記憶はないから、誰かに脱がされたのか。

「うそ……」

呆然《ぼうぜん》としてしまった。

俺の国では、裸を見せて許されるのは、伴侶か婚約者だけだ。親兄弟にだって、けっして見せてはいけない。

人に肌を見せるのは、とてつもなく淫らではれんちなことなのだ。

腕や脚だって露出せず、服でしっかりと覆っており、人に見せてもいいのは顔と手ぐらいだ。

もし男女間でそんな間違いがあったとしたら、たとえ事故だったとしても、伴侶にならなければ収まりがつかないことになる。

それなのに。

これはどう考えても、すべてを見られている。

見ず知らずの誰かの手によって、こんな淫らな格好にされただなんて……。

いったい誰に脱がされたのかと焦っていたとき、前触れもなく部屋の戸が開いた。

やってきたのは藍色の着物をまとったウサ耳の大男、十四朗だった。

「うわ」

俺は驚いて、とっさに掛布を胸元まで引きあげた。

「失礼いたしましたっ。まだ意識が戻らぬかと……っ」

彼は慌てたように出ていこうとし、しかし思いとどまり、中に入って戸を閉めた。

「おとないを入れず、大変失礼いたしました。お召しものを持ってまいりました」

そう言って俺の足元へ正座し、手にしていた着物を畳において一礼する。浜辺では目を潤ませて、感情をあらわにしていたが、いまは落ち着いた表情だ。知らぬまに裸にされた俺のほうが数倍うろたえている。

ていうか、そんなに近づかないでほしいっ。

俺、裸なのに！

「や、あの、これっ」

掛布を引きあげているが、肩は露出してしまっている。それを隠そうとすると今度は腕が出てしまって、あわあわしてしまう。

十四朗は俺から視線をそらさない。

素肌を見られていると思うと、体温があがり、頭が爆発しそうになる。

いくさのときの冷静な俺などいない。

「なにか」

なにかじゃない、頼むから見るな！

「俺、なんでこんな格好……っ」

耳が赤くなる。混乱のあまり泣きそうだ。

「着物が海水で濡《ぬ》れておりましたので」

「も……もしかして、おまえが脱がせたのか」

「はい」

うわああっ。

俺は頭の回路の一部が爆発したのを感じた。

十四朗に、十四朗に、十四朗に全裸を見られたのかあっ！

「下着、も……」

「はい。失礼ながら、医師の指示にて、お身体を拭《ふ》かせていただきました。直接肌にふれてはおりません」

なんてこった。十四朗に裸を見られただなんて。しかも身体を拭いただと？

俺、どうしよ……。

十三歳のときに魔術師に告げられた言葉が脳裏をよぎる。

俺の生涯の伴侶は十四朗だと宣告された、あれだ。

男同士なのにと思って、子供の頃はピンとこなかったけど、こんなふうに運命的な再会を果たし、なおかつ裸を見られたということは、あの宣告はやっぱり本当だったのかも。

そう思ったらますます顔が赤くなる。

「準備しますので、しばしお待ちください」

俺の困惑に気づいていないのか、十四朗は淡々とした様子で着物を畳に広げた。丈が短く、腰の辺りまでしかない道着だ。それから俺が着ていた濡れた服もとなりに並べ、照らしあわせるようにして、はさみで背中に切り込みを入れている。翼が出るようにしてくれているのだ。

「九里さまがお召しになっていたようなものは我が国にはなく、ひとまずはこれでご容赦ください。あとで、きちんと縫ったものをご用意いたします」

切り込みを入れた道着を広げて、十四朗がさらに近づいてくる。俺は動揺して肩をこわばらせた。

「な、なんだ」

「………」

「着替えのお手伝いを」

「ち、近寄るな！」

叫ぶように言ったら、十四朗が驚いた顔をして動きをとめた。

「じ、自分で着るっ」

片手で掛布をぎゅっと握り、胸元を押さえたまま、もう一方の手を差しだした。

白い道着を渡してもらい、また、下着や袴《はかま》も枕元へ置いてもらった。

「医師から言伝《ことづて》がございます。右の翼が骨折しているため、動かさぬようにと」

意識を失っているあいだに医師に診てもらったのか。

首をひねって翼を見ると固定されていて、手当てをされていたことに気づいた。

「わかった」

十四朗は報告を終えても俺を見つめ続けている。そんなに見られていては着替えられない。

俺は道着を手にしたまま、困った顔で彼を見た。

「あのな」

「はい」

「着たいんだが」

俺の意図するところがわからないようで、十四朗が首をかしげる。

「やはりお手伝いを、ということでしょうか？」

「そうじゃない。その……見られていると」

「はい？」

「いや、だから。見るなと言っている」

恥ずかしさのあまりぶっきらぼうに言ったら、十四朗が困惑したようなまなざしで見た。

「……私の態度がどこかご不快でしたでしょうか」

俺が怒っていると受けとめられたようだ。そしてその怒りの理由がわからず困惑しているといった感じだ。さっき、近寄るなと叫んでしまったせいもあるだろう。

俺は基本的に無愛想だし素っ気ないし、よけいなことをあまり喋らない。

上に立つ身としては、ときに無口であり、ときに雄弁であらねばならない。が、恥ずかしいことだが、俺は語らねばならないときでも言葉足らずで、どうしてそういう結論に至ったか理由を語らずに、一足飛びに結論や作戦だけを口にして、重臣たちを困惑させてしまうことがたびたびあった。

内心はどうあれ表面上は冷静そうにふるまうことを心がけていたから、感情が表情に出にくく、意図がうまく伝わらなかったりもする。

たぶんいまも、おなじことをしているようだと気づき、ひと言、説明を加えた。

「そうじゃない。怒ってるわけじゃなくて……その、つまり……見られてると恥ずかしいんだよ」

恥ずかしがっているのだと自ら告白するのは恥ずかしいことで、声がちいさくなる。

「あ。これは失礼いたしました」

十四朗が立ちあがり、部屋から出ようとする。そこまで遠ざけたいわけでもなかったし、話を聞きたいのでとめた。

「待て、背をむけてくれていたらいい」

「かしこまりました」

彼が戸口をむいて正座するのを確認して、俺は着物に袖《そで》を通した。

「おまえは、ケガをしてないのか」

「はい。かすり傷ひとつありません」

「そうか。よかった……」

ここがどこかということ以上に、そのことが気がかりだった。俺を助けたせいでこいつまでケガをしていないかと心配だったから、ほっとした。

「九里さまに助けていただいたおかげです」

「助けられたのはこっちだ。礼を言う」

「いえ。私がぼんやりしていたせいで、ケガを負わせてしまって……」

「俺だってぼんやりしてた。おまえのおかげでこれぐらいですんだんだ」

話しかけながら下着を着け、緋色《ひいろ》の袴を穿《は》く。俺の国ではシャツやズボンを日常的に着るのだが、着物や袴は式典のときに着たことがあるので、着方は知っている。

「それで、ここは、どこなんだ」

「ウサギの王国、東京市の中心にあります屋敷です。神主や式神、まつりごとに関わる者が住んでおり、大屋敷とも呼びます。裏手に王と兎神の屋敷である奥屋敷があり、手前には役場があります」

よどみなく無駄のない説明が流れる。こいつの声は低く穏やかで、耳に優しい。

「おまえの国なんだな」

「はい。兎神や那須の式神は、ただいまこの屋敷内にある評議所にいらっしゃいます。九里さまがお目覚めになるのを待っているはずです」

兎神や那須の式神というのはよくわからないが、王と並列で語られているところから察するに、国の上層部の人間なのだろう。そんな相手が俺の目覚めを待っているというのは、どういう理由か。

「この国の者は、みんな、おまえのように頭に耳があるのか」

「はい。兎神と式神は除きますが」

「翼のある者や、背中に甲羅をしょっている者はいるか」

「いいえ。おりません」

「そうか」

なら、いい。

俺の国の人間は翼か甲羅がある。同郷の者がいないのならばひとまず安心だった。

「こっちをむいていいぞ」

着替えを終え、畳に正座する。服を着たことで動揺も収まり、顔の赤みはやわらいだはずだ。

こちらをむいた十四朗がまっすぐに俺を見つめてくる。やけに熱っぽいまなざしで、俺は妙に胸がどきどきしてしまった。

この男が、俺の伴侶……。

ああくそ、視線が熱くて、裸を見られたことまで思いだしちまったじゃないか。

下着も脱がされたってことは、シモも見られたんだよな。

うう。せっかく収まった顔の赤みがぶり返しそうだ。

俺は誰を前にしてもひるむことなく堂々と対峙できる男だったし、いくさでは率先して敵に切り込んでいく、勇猛果敢な男だと評されていた。

それがどうしたんだ。見つめられただけで、頭がのぼせそうになっている。こんなのは、おかしい。

裸を見られたぐらい、たいしたことじゃ……たいした……たいしたことだよなあ。けっこうな打撃だ。

こいつ、責任とってくれるつもりはあるんだろうか。

「私のことを覚えていらっしゃいますか」

悶々《もんもん》としていると、十四朗が静かに、しかし気持ちのこもった声で尋ねてきた。

俺は頭をかき、目をそらした。

「あー、まあ。おぼろげに……」

本当はおぼろげどころかかなりはっきりと覚えている。それなのに俺は言葉を濁した。

九年も前に、ほんのすこしの期間だけ会った相手のことを、伴侶だと言われたからって一《いち》途《ず》にずっと想い続けていたなんて思われたら格好悪いじゃないか。

無理だろうと諦めていたが、できることならばまた会いたいし、会えたらいいと思っていた。そんな本音を知られるのが恥ずかしくて、格好つけたんだ。

そんな俺の浅い格好つけを吹っ飛ばすように、十四朗が直球を放った。

「そうですか……私は、片時も忘れることはありませんでした。ずっと、あなたのことを想っておりました」

ひたむきなまなざしの奥に熾火《おきび》のような熱が揺らめいていて、俺は打たれたようにはっとした。

そうだ。こいつはこういうやつだった。

自分の感情を恥じたりしない。

十歳のときも、穏やかな様子で控えめにしながらも、自分の思いを物怖《ものお》じせずさらけだし、きちんと言うやつだった。

大人たちに殺せと言われていても泣いたり怯えたりせず、「なぜ殺されなければならないのですか」と理性的に説明を求めたのだ。

子供ながらに高潔な精神をもつ彼に、俺は惹かれた。

立場上俺のまわりには、必要以上にへつらったり薄っぺらいおべっかを使うやつが多かったし、常に張り詰めた空気の中にいたから、そんな中で、こいつの子供らしい自然体の素直さが醸しだすふんわりとした空気感と、そこに混在する誇り高さが新鮮で、まぶしかったんだ。

「おまえ……本当にあのときの十四朗なんだな」

しみじみと呟き、それからすこし気になった。

こいつ、当時のことをどこまで覚えてるんだろう。

「九年前のことで、なにを覚えている？　全部覚えてるか」

「子供でしたので、残念ながら詳細は記憶しておりません。ただ、九里さまのことはしっかりと覚えております。とても優しくしてくださったと」

「ほかには？　その……召喚された理由とか」

「私もそれを訊《き》きたかったのです。なぜ、私を呼び寄せたのですか」

覚えていないらしい。それを知って、俺はほっとしたような、それでいてがっかりしたような気分になった。

「それは……俺が呼んだわけじゃないんだ」

いきなりわけのわからない場所へ連れられて、殺せと言われたり大人がけんかしているのを見せられたりで、嫌な思いをしただろう。覚えていないのなら、思いださせないほうがいい。そもそも俺の伴侶として呼んだなんて……なんか、恥ずかしくて、言いづらい。俺が望んで呼んだわけじゃないが、成長して精悍《せいかん》になった、目の前の男にそれを言うのはためらわれた。ちなみに俺の伴侶選びのやり直しはしていない。国のいくさが激化して、それどころじゃなくなったんだ。

ともかく覚えていないのなら、召喚の理由はごまかしていいかなと思っていたら、十四朗が意味のわからぬことを尋ねてきた。

「では、ほかの神が月へ私を呼んだのですか」

「ん？　月？」

「あそこは月ではなかったのですか？」

「月じゃなくて、俺の国だけど。あと、神って？」

はて、と首をかしげたとき、遠慮がちに戸を叩く音がした。

十四朗が立ちあがり、対応に出る。

「九里さまのご様子はどうだ」

「先ほど目覚められました。食事の用意を――」

戸のむこうで十四朗が報告しているのが聞こえた。

そういえば、誰かが待っているという話だったな。

十四朗が戻ってきた。

「お加減がよろしければ、食事をお持ちします」

腹は減っていたが、俺は首をふった。

「それより、俺の目覚めを待っている人がいるということだったな。兎神、だったか？」

「はい」

「どういった相手なんだ」

「国の守り神ですが」

十四朗がきょとんとした。なぜ知らぬのかとでも言いたそうな顔だ。

守り神……この国の重要人物といったところだろうか。この国に来たのは初めての俺が知るわけないじゃないかと思うが、まあいい。

「いまから面会は可能か」

「はい。ただいま、連絡してまいります」

「迷惑でなければこちらから伺う」

「しかし、お加減が。けがをなさっておりますし」

「問題ない。日帰りで行ける距離ならば」

立ちあがり、試しに歩いてみる。足どりはしっかりしている。うん、問題ない。

十四朗に案内されて、廊下に出た。部屋だけでなく廊下も広く天井が高くて、俺の国の屋敷と造りが似ている。

「十四朗は、十九歳になるんだよな。働いているのか」

「はい。神主見習い兼世話係見習いです」

「世話係……」

俺は族長の息子という立場だったため、周囲の人間が丁寧に接してくれることに慣れている。だから十四朗が敬語を使うことも気にしていなかったが、世話係がつくなんて、いやに丁重な扱いじゃないか？　俺は故郷では立場のある人間だったが、この国の人にはそんなこと知られていないはずだよな。

俺のここでの扱いはどういうことになっているのか。それはきっと、これからわかるだろう。

自分の処遇のことなどかまわない。それよりも、十四朗のことが気になってしかたがない。

また会いたいと思っていたが、会ってみたら、懐かしさや嬉しさよりも、なんだろう、妙に落ち着かない、そわそわした気分になっている。

昔の俺は、こいつといっしょにいるとくつろげて幸せを感じたが、いまは胸がどきどきして、あの頃とは違う気がする。

もし、また熱っぽく見つめられたらと思うと、それだけで体温があがった。

これってやっぱり裸を見られたせいだろうか。

こいつは俺のことをどう思っているんだろう。医師の指示とはいえ、俺の裸を見たことに対して、どう感じているのか。

そんなことを考えているうちに、評議所へ着いた。

三

評議所の前までくると、九里は毅然とした態度で中へ入っていった。陛下や神主、神々など、一国の上層部の人間が集っている場だというのに、場慣れしているというか、とても堂としていて、風格を感じられる。

おなじ神でも兎神や式神とは違って、それぞれ個性があるものなのだと思う。

評議所は関係者以外立ち入り禁止であり、私は九里を見送ると、廊下のむかいにあるちいさな部屋へ入った。

そこは世話係や侍従のために設けられた待合場なのだが、あまり使われておらず、なかば倉庫と化している。座布団や箱膳《はこぜん》が積んである室内は薄暗い。

私は部屋の隅に腰をおろした。

ほかに誰もいない。

みんな忙しく九里を迎え入れる準備をしているのだろう。

私も手伝いにまわったほうがいいのかもしれないと思わなくもなかったのだが、具合の悪そうな九里のそばについていたほうがいいと判断した。

部屋は静かで、評議所の会話も届かない。ひとり静かに待機しながら、私は九里のことを考えた。

日本という神の国から来る神々は美しいが、九里もまた、格別に美しい方だった。

兎神などは自分の容姿を、ひと筆書きできるぐらいの地味顔で、日本人ならよくある平凡な顔だと言う。つまり神は誰もが美しい容姿をしているということなのかもしれない。

兎神も那須の式神も美しく、それぞれ違う魅力があるが、やはり私の目には九里が一番に映る。あの奥二重で切れ長の瞳に強く惹かれる。

長い髪もたまらない。

人間の髪は指の長さ程度にしか伸びないが、神の髪はそれ以上に伸びるようで、兎神や那須の式神は肩あたりまで伸ばしている。九里のはそれ以上に長く、ほどいたら腰まで届きそうだった。

兎神よりもやや小柄な身体も――想像以上だった。

先ほど彼を裸にして身体を拭き、隅々まで目にしてしまったのだ。

浜辺では無我夢中だったので、なにも考えずに抱えたりできたが、改まって、いざふれると思うと指が震えてしまった。

これは仕事、仕事なのだと自分を戒めるように念じたが、前身頃にある留め具をはずし、服から現れた真っ白くきめの細かい肌を目にしたら、とても自分をごまかすことは不可能だった。

胸には淡く清楚な乳首。初めて目にする神の乳首は、色も形もいやらしいことこのうえなかった。

そして下も脱がせると、両脚の中心に、自分とおなじものとはとても思えない、清楚でかわいらしい男性器があった。

神には男女ともに乳首があると噂《うわさ》に聞いていたが、男性器があるため、九里は男性ということになる。

乳首も、男根も、人のそれとはまるで違う。

清楚でかわいらしいのに妖艶でいやらしいという、筆舌に尽くし難い身体つきである。

意識を失っていても強力なえろーすが発動されていて、大変なことになっていた。私の身体も大変なことになっていた。

私はごくふつうの性欲と性指向を持つ。つまりひまさえあれば一日二十回はしたいし、相手は相性がよければ男性でも女性でもさほどかまわないし、ウサ耳をいじるなんて変態的なことはしない、ごくごくどこにでもいる健康的で常識的な十代男子だ。

魅力的な身体を目にして興奮しないはずがなく、身体中の血液が沸騰した気がした。

これ以上は無理だと思ったが、全身全霊をかけて目をそらし、意識しないように自主的に思考を停止させ、湯を絞った手ぬぐいで彼の身体を拭いた。

腕を持ちあげ、脇を拭き、脚を開かせ、内股《うちまた》を拭く。しっかりと筋肉がついて締まっているのに、柔らかく弾力のある肌。腰のくびれから丸く柔らかな尻にかけての曲線が、男の欲望を誘う。

私は己を叱咤《しった》激励し、誘惑と戦いながらどうにか全身を拭き終えたのだった。

いまは臨時で私が世話しているが、まだ正式に決まっていない。

誰になるだろう。私がなれたらいいのだが。

そうしたら、いつもそばにいられる。

彼は私のことを、おぼろげに覚えていると言っていた。

私にとっては衝撃的な出会いだったが、彼にとってはさほどでもなかったようだ。

彼も私との再会を望んでくれていたのでは、などと淡い期待をしていたが、そんなことはなかった。

すこし悲しかったが、相手は神だ。そして私はどこにでもいる凡庸《ぼんよう》な人間。温度差はしかたがなく、覚えてもらえていただけでもよかったのだろう。

己の分をわきまえないといけない。

正式な決定はこの会議中にくだされるだろう。そんなことを考えていると、部屋の奥、積まれた座布団の陰のほうで、カタカタと音がした。ネズミが走った音だ。

これは捕まえねばと、私は音のしたほうへそろそろと這《は》っていった。座布団の陰へ忍び、奥を覗き込んだが、暗くて見えない。目をこらして暗がりを睨《にら》んだとき、背後の戸がいきおいよく開いた。続けて那須の式神の声。

「ちょ……こら、秋芳《あきよし》っ！」

どたどたと、ふたりぶんの足音がし、戸が閉まる。

「おまえ、いきなりなんだよっ」

「こっちこそ訊きたい。あんた、どういうつもりであんなことを言ったんだ」

「だから、あとでちゃんと説明するって――うわ」

どたん、と大きな音がした。座布団の山の陰からそうっと窺《うかが》うと、式神が王弟に押し倒されていた。

式神が着ている藤色の着物の裾がまくれ、白い脚があらわになっている。

「俺がどれほどあんたに惚《ほ》れ込んでいるか、まだわからないのか」

王弟が怒りをあらわにし、うなるような声で訴える。

「それともやっぱり月の彼女が忘れられないのか」

「はあっ？　なに言ってんだ。んなの、いないって言っただろーがっ」

「それは本当は、俺への方便だったんじゃないのか？　俺を哀れんでここに残ることにしたけど、やっぱり彼女に未練があるとか……九里さまから伝言を受けとって、気持ちが傾いたんじゃないのか」

「おまえ、あの一瞬でそこまで妄想したわけ？　落ち着けよ。俺は童貞だ。これからも一生童貞だっ」

「彼女はいないというなら、どういうことだ。単純に俺に飽きたのか」

式神が舌打ちする。

「なんでそうなるんだよ。つか、なにげに俺の告白無視かよ……。ともかく落ち着けって」

「落ち着いていられるか。俺は勇輝《ゆうき》のものだ。勇輝だけだ。勇輝しかほしくない」

「ああ。わかってる」

「いいやわかってない。わかっていたら、あんな言葉は出ない。俺をほかにも分け与えてやるなんて、言うな」

「だからそれは」

「あんたへの俺の気持ちがわからないなら、いますぐその身体にわからせてやる」

王弟が式神に覆い被《かぶ》さり、くちづけた。もがき、抵抗する式神の腕を片手で押さえつけ、もう一方の手で帯をほどきはじめる。

「んん……」

湿った音と衣擦れの音が狭い部屋に響く。

ふたりは私の存在に気づいていない。あれよというまに式神は着物をすべて脱がされ、白い肌をさらしている。このまま交わりに突入することは明白だった。

私がいるのは部屋の奥のほうにある座布団の山の陰であり、ふたりがいるのは出入り口の戸の前だ。これではこっそり退室することはかなわない。

出ていくきっかけを失ってしまった私は、邪魔をしないようにひたすら気配を消すことに徹することにした。

神々は、交わりを他人に見られるのをひどく嫌がる。そのため万が一その場に遭遇してしまったら、神に存在を気取《けど》られないように、気配を消すよう指導されている。これも世話係の基本技である。

私は家具。私は置物。

風景に溶け込むべく念じている目の前では、王弟が式神の胸元に吸いついていた。

「あ……や、ばか……まだ話が……っ」

王弟の手が式神の両脚のあいだへ忍び込む。ごそごそと動いたと思ったら、式神が背をのけぞらせて、短く喘《あえ》いだ。

「ん……っ」

「中、濡れてるな」

「そりゃ、おまえが……っ、朝っぱらからあれだけ中だししといて……、後始末したって、

残って……ぁ、ん……っ」

文句を紡ぐ声は色っぽく、誘っているようにしか聞こえない。

抗っていた式神の腕は抵抗をやめ、王弟の背中にすがりついている。

水音がしばらく続き、式神の呼吸が徐々に乱れてきた。

「秋芳……っ」

中をいじられて感じているようで、式神は泣き声にも似た甘い声で先をねだる。式神は自ら膝を立て、相手を迎え入れる体勢をとった。

王弟がすこしだけ上体を起こして自分の着物をまくり、猛《たけ》ったものをとりだした。そして白い脚のあいだにそれをあてがい、腰を進めた。

「あ……あぁ……っ」

式神の甘い声があがり、ふたりが繋《つな》がったのがわかった。

王弟が式神の脚を抱え、大きく腰を動かす。腰を打ちつけるごとに淫らな水音と式神のいやらしい喘ぎ声が響く。

「あ、ぁ…、や、ば……、声、が……っ」

「声、だせよ」

式神は声を抑えようとしているようで、それが逆に色っぽくて、王弟の欲望に火をつけている。

「廊下のむこうにまで聞かせればいい。そのつもりで抱いてる」

王弟の腰使いがいっそう激しくなった。それにあわせて式神の身体も揺れる。

「ば、か、……ぅ……っ、背中、痛……っ」

「ああ、すまん」

繋がったまま、王弟が式神の身体を起こした。そして式神を腹に乗せ、王弟は床に仰向《あおむ》けに寝る。

私がいる場所は式神の真後ろで、白くほっそりとした背中と王弟の脚が見える。

「勇輝。動いてくれ」

すこしためらった末、式神が腰を揺らしはじめた。

「……ん……っ」

式神が腰を浮かす。白いふたつの尻のあいだから、赤黒く怒張した猛りが姿を見せた。

あの細い腰のどこに、あれほど太い男根が収まっていたのだろうかと、目を疑う光景だった。

姿を見せた猛りは、ぬぷんと音を立てて式神の中へ収まっていく。ゆっくりと、緩慢な動作でなんどかそれがくり返される。やがて焦《じ》れたように、王弟が腰を動かした。

「あっ、あっ」

下からの激しい突きあげに、式神は体勢を保てなくなったようで、王弟の胸に倒れるように上体を倒した。それによって尻のむきも変わり、これまで以上に結合部がはっきりと見えるようになった。

　下をむいていた入り口が角度をあげたため、猛りがずるりと抜けかける。

　部屋は薄暗いが、式神の尻が白いので、そこに埋まる猛りがよく見える。

　抜けかけた猛りは、すべて抜ける前に追いかけるように塞《ふさ》ぎにかかる。王弟が自分の膝を立てて腰をあげ、根元までぐいっと押し込んだ。

「あ、あ……ぁ……、んっ、んぅ」

　ぬちゃ、と音を立てて、たくましい剛直が出入りする。

「は、あ……も……、達《い》く……っ」

　式神の背中がびくびくと震え、王弟の律動がやんだ。ふたりとも脱力したように重なって、動かなくなる。

　大きく息をついたあと、王弟がささやくように言った。

「勇輝。あんただけだ」

　その言葉が真剣であることは、端で聞いている私にも伝わった。

「あんた以外の相手じゃ、俺はこんなふうにならなくなっちまったんだ」

「俺だって……」

　式神がおもむろに、王弟の頭のほうへ手を伸ばした。ここからはよく見えないが、どうも、頭の耳をさわっている様子である。

まさか……。

そんな……耳さわりだなんて……。

やはり、式神は変態だったのか……。

最近は、本当は変態じゃないらしいと噂されていたのに。気さくでいい方だと思っていたのに、裏ではこんな……。

王弟は抵抗していないようだが、もはや調教済みということか。なんと恐ろしや。

見てはいけないものを見てしまい、おののく私の前で、ふたりは熱くくちづけをかわし、身体を離して身支度をはじめた。

「あのな、秋芳。さっき言おうとした理由なんだが」

「ああ、待て。それは部屋で聞かせてくれ」

「なんで」

「重要な話なんだろ。ここは声が漏れる」

「げ、マジか。俺、すげー声だした気が……早く言ってくれよっ」

ふたりは仲良く言いあいながら出ていった。

戸が閉まり、部屋には情事の熱気と私が残される。

どきどきした……。

みんな外でもどこでも交わるから、他人の行為など見慣れているが、神が交わる姿は初めて目にした。

想像以上のえろーすだった。王や王弟が夢中になるのも納得だ。

興奮した身体を鎮めているうちに、廊下のほうからがやがやと声や足音が聞こえてきた。

会議が終わったのだろう。

九里の世話係も決まったはずで、意識がそちらへ流れる。

もし自分が仕えることができたら。そうしたらどんなにすばらしい毎日になるだろう。たとえ身分違いでもそばにいられるだけで幸せだと思う。

期待を胸に待合所から出て、廊下で待っていると、九里とともに佐衛門が評議所から出てきて、私に目をとめた。

「十四朗。今日からおぬしには、九里さまの世話を頼む」

ついに世話係に。それも、九里の担当。

やった！

胸に喜びと興奮が押し寄せる。

「部屋は菊の間に決まったので、そちらへご案内するのですぞ」

「かしこまりました」

「世話係はひとりでよいとおっしゃるので、おぬしひとりだけだが、わからぬことがあれば、ほかの世話係や儂《わし》に相談するように。よろしく頼みましたぞ」

「はい」

「それからもてなしのお相手は、秋芳殿が務めることになった」

え……。

喜びもつかのま、後頭部を不意打ちで殴られたような衝撃を受けた。

そして、衝撃を受けている自分に驚いた。

もてなしの相手というのは交わる相手ということだ。

兎神は性欲を司《つかさど》る神でもあり、国を守ってもらう代償として毎晩もてなして喜ばせる必要がある。それを怠ると国に災厄《さいやく》が訪れるため、これだけはなにを置いても優先される大事な約束事である。

「お相手……？　九里さまの……」

「なにを驚く。九里さまも那須さまとおなじ式神。もてなしは当然必要ですぞ」

「あ……いえ……、なぜか、思い至らずにいて」

そう。言われてみれば、兎神の式神である九里ももてなすために交わりの相手が必要なのだが、無意識に考えることを避けていたかのように、ふしぎなほどそのことに思い至らなかった。

「しかし秋芳殿ですか。それはいったい……」

それにしても相手が王弟とはどういうことなのか。彼にはすでに那須の式神という相手がいるのに。

口にしかけて、出過ぎたことだと口を閉ざした。

佐衛門が補足してくれる。

「ほかに適任がいないのでな。秋芳殿が、那須さまと九里さま、おふたりの相手をする。そういうことに決まった。式神も秋芳殿も納得のことだ。与助《よすけ》と連携して、うまく調整するように」

与助というのは那須担当の世話係である。

「は、い」

詳しいことは自分のような下々にまで説明されないので想像するよりほかないが、九里は那須の式神と同格ということなのだろう。とすると、もてなしに差をつけるわけにもいかない。王弟と同格の身分や実力を備えた者は、ほかに思い浮かばない。決定には驚きを禁じえないが、ほかにいないのならばそうする以外ないのかもしれない。

待合所で那須と王弟がもめていたのはこのことだったようだ。

王弟は那須の式神だけだと言っていた。それがどういう流れで覆ったのか知らないが、私は口をだせる立場にない。

「今日は緊急事態ゆえ、おぬしの行動は不問になった」

神々に気安くふれてはならない。

それなのに私は、世話係見習いの分際でありながら神を抱きかかえて海辺から戻ったため、その行動が少々問題になったのだ。会議では、そのことも審議されたようだ。

「しかし交わりの相手も決まったのでな、今後は掟に遵守するように」

「はい」

念を押され、私は頷いた。神にふれられたのが特別なことだったのは、いまさら強調されずともよくわかっている。

私の役目は、九里が快適に過ごせるようにすること。

世話係の分をわきまえ、よけいなことは考えず、立派に務めを果たさなくてはいけない。

「十四朗？　どうした、暗い顔をして」

気がつけば佐衛門は去っており、私は足元を見おろしていた。

佐衛門のとなりにいた九里はいまは私の前に立っており、切れ長の瞳で私を見あげてくる。

蠱惑的で美しい瞳。その瞳で王弟を見つめるのか。これから彼と交わるのか……。

九里は、交わりの相手が王弟であることを承諾したのか。

彼のような男がいいのか……。

そう思ったら胸に苦いものが込みあげてきて、九里の視線を受けとめていられなくなった。

「……失礼いたしました。こちらです」

世話係がむやみに感情を表にだしてはいけない。私は進行方向へ顔をむけることで、さりげなく彼の視線から逃れた。

歩きだす私の半歩あとに、九里がついてくる。

「秋芳殿がもてなし役だと、なにか問題でもあるのか」

私は落ち着いた様子を取り繕って、緩く首をふった。

「いえ、問題はありません。ただ……秋芳殿はすでに那須さまのもてなし係をしているので、兼任することに驚いただけです」

「ふうん」

九里はいまいち納得していなさそうな顔をしたが、流した。

「あと、掟破りって？　もしかして俺のせいか？」

「いえ。お気になさらず。お聞きのとおり、不問になりましたのでだいじょうぶです」

控えめに微笑し、それから屋敷内の説明へ話を変える。

廊下をしばらく進み、浴室の前まで来る。

「神々専用の浴室は、こちらになります」

差し示した戸の前には兎神の世話係が待機していた。

「使用中ですか」

尋ねると、彼は私にこそっと耳打ちした。

「いま、陛下と兎神が浴室で交わっている最中なんだ」

浴室の中から兎神の色っぽい声が聞こえてきた。

「陛下がご立腹だったから、時間がかかると思う」

「また、兎神が誰かを誘惑したのですか」

「そうらしい。本人はいつものとおり否定なさっているが」

「兎神は陛下だけでは満足できないのでしょうか……」

「兎神のあれはもう、きっと神の本能なのだろう。陛下に満足していようとも、我らを誘惑せずにはおれないのだ」

会議のあとは、この流れが定番と化している。

九里が使うだろうから、ふたりが終わったら連絡してほしいと頼んでからふり返ると、九里は眉を寄せて浴室のほうへ視線をむけていた。

「ここ、浴室なんだよな」

「はい」

「兎神の苦しげな声が聞こえるけど……そこはだめだとか、もう許してって言ってる……王に叩かれるとか、折檻《せっかん》されてるのか」

九里は浴室から聞こえる兎神の声が気になって、私と世話係の会話を聞いていなかったようだ。

「折檻ではありません。あれは兎神が望んでしていることです」

「そうなのか……？」

九里は心配そうにしつつも、私が歩きはじめると、足を進めた。

さらに先へ進み、渡り廊下を過ぎると、まもなく菊の間へ到着した。

菊の間は二間あり、居間と寝室の仕切りのふすまに菊の絵が描かれている。そこは比較的私たち世話係の雑居部屋に近い。

九里が居間の座布団にすわってから、私は部屋の隅に正座した。

「お食事をお持ちいたしますが、苦手なものはございますか」

「なんでも食べる」

九里はきりりとした真顔で端的に答える。

ほかの神たちはいつもほがらかで愛想がよいが、九里はあまり笑顔を見せる性質《たち》ではなさそうだ。どちらかというと、王のように克己心や自制心が強い方なのかもしれない。

食事を乗せた箱膳を運ぶと、九里はよほど空腹だったのか、躊躇《ちゅうちょ》なく、皿まで食べるいきおいで豪快にたいらげた。

部屋の隅に待機して、ほほえましく思って見ていると、九里が顔をあげた。

「なんだ」

「気持ちのよい食べっぷりだと思いまして。苦手な食べ物はございますか」

「ない。なんでも食べる。俺の国の食事と、味つけも食材も似ているようだな」

「はい。兎神や那須さまも、そうおっしゃいます。那須さまがやや濃いめの味を好まれるので、九里さまもおなじ式神ということで、それに準じて調理してあります」

九里がうんざりした顔になった。

「式神か。おまえも俺が神だと思っているんだったな」

違うとでも言いたそうな物言いである。

神でないならなんだと言うのか。

「おまえたちがなにを勘違いしてるのか知らないが、俺の生まれ故郷は、兎神がいた場所とは違うようだぞ」

「と言いますと」

「さっき、国王や兎神とも話したんだが」

前置きをして、言葉を続ける。

「兎神は白ウサギに導かれてここへ来たそうだが、俺はそうじゃない。舟に乗ってたんだ」

「舟？」

舟というのは見たことがないが、佐衛門から聞いたことがある。神が蔓《つる》なしカボチャから作る海の乗り物だとか。

「海に出ていたのですか」

海にはワニがいるというのに、なんと勇敢なのだろう。

「ああ。嵐に巻き込まれて遭難した。気づいたらおまえに助けられていた」

舟の動力は神のえろーすで、人間に動かすことはできないと聞いている。船に乗っていたというならやはり神なのだ。

見た目もどこからどう見ても神だ。見目の麗しさはもちろんのこと、人間には頭に耳があり、翼はない。ほかの神々は翼を持っていないから、九里は特殊な式神なのかもしれないけれども、そこは私たち人間から見たら些細《ささい》なことだ。

なにが勘違いだというのだろうか。

「九里さまは、日本から来たのではないのですか」

「俺たちは自分たちの島を日本と呼んでいたが、兎神の言う日本とは違うようだ」

「べつの場所に住んでいたと言うことでしょうか」

「そうかもしれない。でもおなじ島じゃない。俺のいた島国には翼や甲羅のない者はいなかった」

どうやら月にはたくさん島国があるらしい。月はきっと、私が想像する以上に広い場所なのだろう。なにしろ八百万人もの神がおわすのだから。

そういえば、兎神も式神も初めは神ではないと否定したのだった。初めは否定するのが神のあいさつのようだ。きっと、贈り物をしたときに「つまらないものですが」と謙遜して言う、あれといっしょなのだ。

「おまえは俺の言っていることを、ちゃんと理解してくれてるよな」

「もちろんです」

「よかった。評議衆の会話を聞いていると、みんな、悪い人たちじゃないのはよく伝わってくるんだが、俺の話をきちんと聞いてくれてないような気がして」

九里は尊い存在にもかかわらず、自分ごときにもわけ隔てなく話しかけてくれる。笑顔を見せなくとも、気さくな方なのだとわかる。

憧《あこが》れ続けていた方とこんなに会話ができて、舞いあがりそうなほど嬉しく感じていた、そのとき、戸を叩く音がし、九里が口を閉ざした。

「式神。秋芳だが」

王弟の来訪だった。

瞬間、天に届くほど舞いあがっていた感情が地面へと墜落した。

ふたりきりの楽しい時間は終わってしまった。

そして王弟が来た、ということは、これから……。

石を呑《の》んだように心が重くなるのを感じたが、表情にはださないように気をつけ、視線で九里に伺ってから、戸を開けた。

王弟は九里にあいさつする前に、戸口にいる私に声をかけた。

「あとは俺に任せてくれ。終わったら呼ぶから、部屋に戻っていていい」

終わったら、と言われたところで、私は肩をびくりと震わせてしまった。

「まだ布団の準備をしておりません」

「いいから。俺がやる」

王弟は大股で遠慮なく中に入り、自分で座布団を引き寄せて九里の前へどかりとすわる。

私はその背中を見つめた。

もやもやした感情がのどからせりあがってくるようで、それを抑えるように唇を引き締める。

九里の様子を窺うと、彼の注意は王弟のほうへ移っている。

「……では、失礼いたします」

邪魔にならないように静かに声をかけ、退室した。

表情にださないことには成功したが、きびきびと動くことはできなかった。どうしても、足どりが重くなる。

のろのろと部屋を出ると、貼りつけた笑顔がはがれ落ちてしまった。

「終わったら、か……」

これから、交わるのか。

九里の白い裸体が脳裏に浮かんだ。それから、那須と王弟の交わりも。

あんなふうに九里と王弟も抱きあうのかと思ったら、胸が絞られ、苦しくてたまらなくなった。

「私じゃ、釣りあうわけないしな……」

ふと口から漏れた呟きに、自分自身でぎょっとした。

なにを大それたことを考えているのだ。私が式神のお相手なんて。

王弟ぐらいでないと、務まるわけがなのに。

「ええと、召し替えの準備を。そうだ、九里さま用の着物を急いで縫わないと」

私は自室へ急いだ。

四

十四朗がなにか言いたげな顔をしながら出ていったのが気になったが、王弟が話しだしたので意識がそちらへむいた。

「今日から俺がもてなし役になったことは、わかっているな」

「ああ。よろしく頼む」

「で、それがどういうことか、誰かから説明を受けたか」

「受けてないが、接待役ということだろう」

先ほどの会議の席で、もてなし役を誰にするかで、男たちが少々もめていたのだった。

俺の国でも、遠方から客が来たときには宴会やら宿泊場所やらの細かい指図をする人間を決めるから、そういうことだと思って話を聞いていたのだが、何人必要だろうかなどと話していて、大がかりな催し物でもしてくれるのだろうか、そんなのいいのにと思っていた。

話はなかなかまとまらなかったのだが、那須が王弟がいいんじゃないかと提案し、そうしたらなぜか怒った王弟が那須を連れだしたのだが、戻ってきたときには納得していた。

「接待役か……間違ってはいないんだが」

王弟が微妙な顔をした。

「この場合、肉体的な接待の意味なんだ」

肉体的？

「うちの国では交わりと言うが、神の国では、せっくすとか、抱きあうとか、寝るとか言うのかな」

せっくすという言葉は知らないが、ほかはなんとなくわかった。

「それってまさか……ち、ち、契りをするとか言うんじゃないだろうな」

王弟がにやりと笑う。

「そうとも言うな」

はあっ⁉

「な、な、な……俺とあんたが？　冗談じゃないっ」

俺は声を荒げて膝立ちになった。

「やっぱりそうか」

「あたりまえだっ！」

「いや、俺も、本当にするつもりはないんだ。勇輝以外とは、しない」

「じゃあ、どうして」

「うちの国の連中は、まじめすぎて頭が硬いというか、思い込みが強くてさ。神には絶対に、きちんともてなさないといけないって考えてるんだ。神自身が必要ないって言っても、だめなんだ。遠慮だと思っちまう」

みんな、悪いやつじゃないんだけどな、と王弟が苦笑する。

「だからみんなを説得するのは難しいから、してるってことにしよう。部屋に籠《こ》もってりゃ、わからないし」

「なるほど」

説得が難しいというのは、先ほどの会議の様子から納得できるものがあった。恐ろしいほどに、予想のつかない方向へ話が転がっていくのだ。

みんな、話を聞いているようで聞いていない。そして聞いていないかと思えば、聞いていたりもする。

なまじ耳が四つもあるせいで、音の伝達がうまくいっていないんじゃないかと疑いたくなった。

「これは勇輝の提案だから、あいつは知ってる。だけど、そのほかには誰にも言っちゃだめだぞ。もし本当はしてないってばれたら、ほかのやつがあんたと交わることになる。俺みたいに融通の利くやつはいないから、本当にすることになるからな」

「世話係にも隠すのか」

「当然だめだ。世話係は神主佐衛門殿の直属だからな。あの人に話が伝わったら、俺の立場も怪しくなるかもしれん」

なんだよこの国。恐ろしいな。

王弟には那須という相手がすでにいるってわかっているのに、俺の相手までさせようとするだなんて。しかもそれを、評議衆のみんなはほがらかにとり決めてたよな。

俺の国では一夫一妻、伴侶は生涯ひとりだけ、浮気なんてもってのほかだ。浮気をしたときの罰則はあるにはあるが、みんなふつうは、伴侶以外の者と抱きあおうなんて思いもしない。

伴侶でもない相手と契りを交わすなんてごめんだ。俺は王弟の話に乗ることにした。

「わかった。配慮に感謝する」

「毎日半刻程度、邪魔する。俺と雑談してすごしてくれてもいいし、寝ていてもかまわない」

王弟がにかっと笑った。山賊みたいな迫力ある風貌だが、笑うと愛嬌《あいきょう》のある顔になった。

悪い男じゃなさそうだ。

ばれたらこの男にも迷惑がかかるようだから、気をつけないとな。

王弟とはそれから一時間ほど話した。

それによって、なぜ俺が神と誤解されているかも、なんとなく理解した。

兎神というこの国の伝説の神は、ナスとキュウリを式神にするという言い伝えがあるそうで、たまたま名前が九里だった俺は、神の一族と思われたらしい。

この話は、会議中に兎神が途中まで話してくれたのだが、なぜか王が話を遮って、兎神を抱きあげて出ていってしまったものだから、最後まで聞けなかったんだ。

交わりには融通を利かせてくれた王弟も、俺が式神ということについては信じている。

俺には人間にしか見えない兎神や那須のことも、神と信じている。

なんだかなあ。

ま、それで物事がうまく進むなら、かまわない。

「さて。交わった証拠を作っておかないと」

帰る前に、王弟は奥の部屋へ行って、布団を敷いた。そしてわざと敷布を乱し、持参した小瓶《こびん》の中身を敷布にふりまく。

「それは？」

「糊《のり》だ。それらしく見えるだろ。このまま置いておいて、世話係に片付けてもらうんだ」

また明日も来ると言って王弟は帰っていき、しばらくして十四朗が戻ってきた。

俺は居間の脇息《きょうそく》にもたれて、彼から目をそらした。

王弟が施した敷布の細工は、十四朗に疑われないためのものだ。

つまりあれを見たら、十四朗は俺と王弟が契りを交わしたと思うはずだ。

なんだか胸がもやもやした。

俺は初対面の相手に気軽に身体を見せることができるような、ふしだらな男じゃない。契るなんてもってのほかだ。

自慰だって、年にいちど、するかしないかといった程度だ。

でもこの国では、神はとてつもなくふしだらな存在と思われているらしい。

十四朗に、そんなふうに誤解されるのは嫌だと思った。

魔術師に伴侶だと宣告された彼に、ほかの相手と抱きあったと思われたくなかった。

でも誤解させないと、望んでいない誰かと契らなくてはならなくなるわけで……。

俺の曇った表情に、十四朗が気づいた。

「いかがなさいました」

「いや……」

「秋芳殿では、問題が？」

「そうじゃない。そうじゃなくて……そう、浴室を使わせてほしいんだが。ちょっと、べたつくんだ」

ごまかすつもりでとっさにそう言ったが、実際風呂には入りたかった。身体は拭いてもらったが、髪までは洗えなかったようで、海水でべたつくのだ。

十四朗がさりげなく目を伏せた。

「ただいま準備しております。いましばらくお待ちください」

俺が当然そう言いだすと予想していたらしい。

気がまわるなあと感心しかけたが、抱きあったあとだと思われているせいだと気づいた。

べたつくなんて言ってしまったが、それも、事後だからと思われたかもしれない。

うわ、最悪だ。自ら契りましたと言ってるようなもんじゃないか。

あーうー。違うんだ、誤解だと言いたい。

「先に寝室のほうを、失礼します」

内心でうろたえる俺の横を通り過ぎ、十四朗が寝室のふすまを開ける。

ふたつ並んだ枕を彼の瞳がとらえていた。それから、乱れた敷布も。瞬間、彼の全身から暗い炎が燃えあがったような気がした。

彼のこぶしが、ぎゅっと握りしめられた。

「その、汚して、悪い」

いたたまれなくて、俺は謝った。いくらなんでも派手に汚しすぎたかもしれない。

十四朗が無言で足を進め、敷布を手にとる。心なしか、長い耳がたれている。

ばれてはいけないのに、言いわけをしたくてたまらない。それは糊だと、気づいてほしいような気がした。

彼がどう思っているか、とても気になる。

不機嫌そうに見えるが、それは仕事を増やしやがってと思っているせいか、それとも俺が王弟と契ったことになにか感じているせいか。

「それは、秋芳が、その」

「存じております。新しいものに交換いたします」

ふり返ってこちらを見た男は、世話係然としたさわやかな笑顔を貼りつけていた。

「秋芳殿をお気に召したようで、よろしゅうございました」

その言葉と態度で、ああ、こいつはなんとも思っていないんだな、と俺は感じた。俺が王弟と契ろうが、関係ないんだ。

俺が気にしすぎているせいで、不機嫌そうに見えただけか。

そりゃそうだ。

俺にとってこいつは特別だったけど、こいつもそうとは限らない。

いっしょに過ごしたのはほんの二週間だけだし、伴侶として召喚されたことも、こいつは知らない。

俺のことをずっと覚えていたと言ってくれたが、俺に対して特別な感情を抱いたと言ったわけじゃない。特異な経験をしたのだから覚えていて当然だ。

いやべつに俺だって、十四朗がウサ耳じゃなかったら覚えてなかったかもしれないし、伴侶ということで引きあわされたのじゃなかったら、興味なんて……興味なんて……。

「…………」

強がりを言って気にしていないふうを装ったものの、心の中にはすっきりしないものがいつまでも残った。


翌朝、ちいさな物音がして目を覚ました。

「ん……?」

見慣れぬ部屋。ここはどこだ。

寝起きで頭が働かない。寝ぼけまなこをこすり、きょろきょろと辺りを見まわすと、ふすまのむこうから俺を窺う十四朗がいた。

「十四朗……?」

なんで十四朗がいるんだったたか。頭を起こすと、おろした髪がさらりと揺れた。

「おはようございます」

「……ああ、そうか」

頭が動きはじめ、昨日のことを思いだした。

俺はこいつの国へたどり着いたんだ。

「おはよう。起こしに来てくれたのか」

「ケガの具合が心配だったので、覗いてしまいました。まだ寝ていてくださってだいじょうぶですよ」

「んん。起きる」

両手で目をこすり、あくびをしたら、十四朗がくすりと笑みを漏らした。

「なんだ」

「失礼しました。人間とおなじような反応が愛らしいなと、つい」

愛らしい？

俺はそんな形容をされるような男じゃない。兎神とおなじような地味顔で、ゆで卵のようにつるっとした顔立ちだ。長年いくさの中に身を置いてきたから、見た目も中身も男臭いはずだ。

はて、聞き間違いかなと思いつつ身を起こしたら、穏やかに微笑んでいた十四朗の表情が一変した。ぎょっとした顔をして、慌てたように背をむける。耳がピンと立っていた。

「九里さま。起き抜けの交わりが必要でしたら、秋芳殿を呼んでまいりますが」

「え？　なんで」

俺は意味がわからず眉間《みけん》を寄せた。

「足りぬのでしたら、秋芳殿に。私を誘惑されるのは、困るのです」

「誘惑って……」

「ですから、その。胸元が」

言われて視線を落とし、そこでようやく自分の淫らな姿に気づいた。着物の前身頃がはだけ、両方の乳首が見えている。

うわあっ、またもや肌を見られた！

しかも誘惑したとか思われた！

俺は顔から火が出る思いで着物をかきあわせた。

「こ、これはべつに、おまえを誘惑したわけじゃないっ！」

着物なんて着慣れないから、はだけちゃったんだ！

俺としたことが、なんたる失態……！

「そうですよね。失礼しました。朝食をお持ちします」

十四朗が首を赤くしながら離れていく。

「先輩たちの言うとおりだ……えろーすが爆発……」

なにやらぶつぶつ呟きながら、部屋から出ていった。

恥ずかしい。誘惑したと思われたただなんて。

着替えをすませて顔の赤みも戻った頃、食事が届いた。

朝食を終えると医師の診察があり、それからまもなくして兎神と那須が面会に訪れた。

兎神が正面にすわる。

「九里くん、具合はどう？」

「問題ない。よくしてもらっている」

「なにかあったら遠慮なく言ってくれるといい。それでね、九里くんから聞いた話を、あのあとも考えてみたんだ」

「出身地の話か」

俺の出身地について、兎神はやたらと熱心に尋ねてきたんだが、王に連れ去られて、話が途中になったのだった。

「そう。九里くんの先祖は、聖地中野《なかの》からやってきたって話だったよね。このウサギの国のあらましとよく似ているんだけど……あ、那須くんは聞いてなかったか」

兎神がとなりにいる那須へ顔をむけた。

「戦時中、中野には陸軍学校があったんだ。諜報《ちょうほう》とか秘密戦略に関わる、なんとかっていう特殊な部隊があって。俺も詳しいほうじゃないし、調べようがないから憶測なんだけど、中野でも、秘密裏に特殊な実験や研究をしていたんじゃないかな。こちらの場合は、鳥の遺伝子操作で」

「それで鳥族も、この異世界へ飛ばされたんですか」

「わかんないけどね。ウサ耳族とおなじように、鳥族にも日本文化が浸透してるみたいだから、ルーツはいっしょだと思える」

兎神は自信なさそうに言って、俺へ視線を戻す。

「根拠はないんだけど、九里くんはウサギに導かれたんじゃなくて嵐で流されたってことだから、九里くんの故郷は、この世界のどこか、海のむこうにありそうな気がするんだ。だから海流を調べたり、船を作ったりすれば、戻ることは可能かもしれない」

そうだろうと俺も思う。

ただし、と兎神が続ける。

「この国では海に出ることが禁じられているんだ。海流なんてこれまで調べたことがない。一から調べはじめるとすると、とんでもなく長い年月がかかるだろう。海が関わることだから、国民の協力は間接的にしか得られないだろうし、たぶん俺も海に近づくことは許されないと思う」

兎神が茶器を手にとる。

「でもきみが帰る方法をいっしょに模索することはできる。帰らずにここに永住するという選択肢ももちろんある。時間はあるから、これからのことはゆっくり考えるといい」

兎神はにこりと笑って話を締めくくり、十四朗の淹《い》れた茶をすすった。

「兎神たちは永住を選んだのか」

「そうだね。この国はできたばかりだから、国作りを手伝ってる」

俺は国に帰ることはできないし、帰るつもりもなかった。

一族はいくさに負け、家族はみんな戦死している。

一族の上に立つ者のくせに、恥さらしなことに、ひとりだけ生き残ってしまった。

いまさらのこのこ帰ったところで、守るべき土地も民も、すでにない。

俺が生まれたときから暮らしていた屋敷は亀族によって打ち壊されたし、思い出の場所はどこも焦土となった。鳥族の領土だった土地は、いまや亀族が闊歩《かっぽ》していることだろう。

帰る場所なんてどこにもなくなってしまったんだ。

故郷を思うと、味方の血しぶきの赤と、焼け焦げて崩れ落ちる建物の黒の、陰惨な色合いが真っ先に脳裏に浮かぶ。

それからまだ俺も幼く、いくさも穏やかだった頃の、母親の笑顔。

人前だというのに気持ちが塞ぎ込みそうになり、俺は頭から故郷の記憶を追いやった。

「どうするか、考えておく」

即答せず曖昧《あいまい》に返事をしておくと、兎神がにこりとして頷いた。

「さて。もし調子がよければ、散歩にでも行かないか。この屋敷や周辺を案内するよ。国の説明、というか、国民性の注意事項というか、説明しておきたいことがあるし」

「いや。けっこうだ」

にこやかに提案した兎神に、俺は簡潔に返した。

「あ……でも、この国って特殊だよ。知っておいたほうがいいことがいろいろと――」

「必要なことは、そこにいる十四朗に聞くから問題ない」

そう言って茶をひとくち飲む。ふと顔をあげると、兎神も那須も、控えている十四朗までびっくりした顔をしていた。

なんだ？　変なこと言ってないよな。

「そう……ええと、じゃあ、十四朗くんに任せよう。そのほうがいいのかもしれないね。俺の知っている常識と、九里くんの島の常識は違うだろうし、意外とこの国とおなじだったりするかもしれないしね」

兎神たちはとまどったように笑い、最後まで笑顔を絶やさず帰っていった。

「十四朗。このあとのおまえの予定は」

「繕い物をしようかと思っております。九里さまのお召しものが足りないので」

「手がすいたら、つきあってくれないか。その辺を歩きながら、国の説明でもしてくれ」

十四朗がきょとんとした。

「それは……先ほど兎神が申し出たことでは」

「そうだ」

「なぜ、お断りになったのですか」

「だって彼らは忙しいだろ」

昨日、神主からもそう聞いた。施政に関わっているようだし、ひまはないだろう。

「とても親切にしてくれて、申しわけないと思う。こうして世話係までつけてもらっているのに、甘えてばかりはいられない。忙しい人の手を煩わせる必要はない」

つまり遠慮してみただけだ。

俺があっさり答えると、十四朗が目をぱちくりさせた。

「それとも十四朗、おまえにはこの国の説明はできないのか」

「できます」

「じゃあつきあってくれ。外の様子を見てみたい。手がすいたらでいいから」

「かしこまりました」

十四朗は頷きながらも、なにか言いたそうに俺を見おろしている。

「なにか、言いたいことがありそうだな」

「いえ」

「遠慮せず、言ってくれ。俺はなにか、兎神に失礼なことをしでかしたか」

俺は鈍いほうだと自分でも思うが、それぐらいは気づける。

「そんな空気は、感じた」

なにか失敗したか。それともまた言葉が足りなかったか？

じっと見あげていると、十四朗が遠慮がちに口を開いた。

「九里さまは物言いがはっきりしてらっしゃるので。誘われたのが嫌だったのかなと、誤解しました。理由をお話しされたらよかったのかもしれません」

なるほど、理由か。俺はあれでいいと思ってしまったのだが、やはり言葉が足りなかったか。

「わかった。以後、気をつけよう」

十四朗はまた驚いた顔をしている。

素直に応じたことが意外だったって感じの顔だ。なんだっていうんだ。偉そうな口調だから、威張ったやつだとでも思われていたのか？

「なんだ。おまえたちみたいな立派な耳はないが、俺だって、人の意見を聞く耳ぐらいは持ってるぞ」

睨みあげると、彼が誤解ですと首をふる。

「いえ……失礼ながら、かわいい、いや、不器用な方なのだなあという感想を抱いてしまいまして」

かわいい？

おまえいま、かわいいと言いかけただろ。たしかに聞こえたぞ。

寝起きのときも似たようなことを言ってたよな。失礼な。俺のどこがかわいいんだ。格好いいというならわかるが。

ああでも、身体のでかいこいつらから見たら、小柄な俺は弱っちょろく見えるのか。くそ。

「そんなことはない。俺は器用だ。あやとりも得意だ」

不器用な自覚はあるが、肯定するのがちょっと悔しくて、意地を張った。すると十四朗がくすりと笑う。

「はい。失礼しました。存じております。ですがここは風習も異なるでしょうし、もしよろしければ、私にお手伝いをさせてください」

「手伝い？」

「差し出がましいかもしれませんが、いまの兎神との会話のように、言葉が足りないときとか。ご助力します」

「それはもちろん、頼む」

頷くと、十四朗が嬉しそうに笑った。

春の日差しのようなそのほほえみに包み込まれそうな気がして、俺はどきどきしてしまった。

「では、すこし屋敷のまわりを散歩しましょう」

縫い物はあとでいいとのことで、支度をして出かけることになった。

「寒いので、上着をおめしになってください。あ、翼の部分が」

「そのままはおるから、かまわない」

「頭にはこの布を巻いてください。ぱっと見、那須さまと見分けがつかなければ、安全なはずです」

「どういう意味だ」

「かの方は特殊な嗜好がおありなので、人は警戒して近づかないのです」

「特殊な嗜好って？」

尋ねたら、十四朗が顔を赤くし、目を泳がせた。

「その……それは、私の口からは……。どうかご容赦を」

口にするのも恥ずかしいようなことなのか。

隠されると気になるな。あとで那須本人か王弟にでも訊くか。

「さ、それよりも、身支度を」

「ああ」

襟巻《えりま》きは、手袋は、草履《ぞうり》は、とかいがいしく世話をやかれる。

世話係ということを差し引いても、十四朗は気がまわる。そしてそれが心地よかった。たぶん気づいていないところでも、俺が過ごしやすいように配慮されているんだろう。

用心のためにと言って、十四朗は木刀を腰に差した。その姿がとてもさまになっていて、つい、見惚《みと》れそうになる。

「参りましょう」

支度を終えて部屋を出る。廊下を歩き、しばらく行くと、戸の開いている部屋があった。

通りすがりになにげなく目をやると、中は倉庫のようで、箱がたくさん積まれている。

そのとき、きらりと光るものが視界の端に映った。

「ん？」

光ったのは倉庫の奥、壁際だ。

なんだあれは。

まさか……。

俺は部屋の中へ足を踏み入れた。見れば、蓋《ふた》の開いた葛籠《つづら》に、針金が溢れんばかりに積みあげられている。

「針金っ！」

俺は一目散に針金の山へ飛び込んだ。

俺の民族は、光るものに目がない。とくに金属でできたきらきらするものには、なぜかわからないが、遺伝子に組み込まれているかのように無条件で興味を引かれてしまう。

「うは。こんなにある」

針金は細いのも太いのもさまざまあり、種類ごとに楕円形《だえん》に巻かれている。

ああ、これを三本使って編み込みたい……！

これだけたくさんあれば、大きな籠を作れる。そうしたらその中にすっぽり収まりたい。すっぽり収まってどうなるのかよくわからないけど、とても幸せな気がするんだ。とにかくそうしたくてたまらず、想像するだけでわくわくしてしまう。

針金の束を胸に抱えてご満悦に浸っていると、背後から十四朗の声がした。

「針金がなにか？　必要がございますか」

そのふしぎそうな声音に俺は我に返り、勝手に胸に抱えていた針金をおろした。

「あ、いや」

他国の国庫に収まる品に飛びつくなんて、はしたないまねをしてしまった。恥ずかしさに頬が染まる。

しかし理性の力で手は離したが、視線は針金から離れない。廊下へ戻ろうと思うのだが、足も鈍る。

うう、すこしでいいからほしい……。

針金に未練を残す俺の様子を、十四朗にじっと見つめられている。

「工作になにかと便利ですよね」

「そう。あると便利だよな。集めて手元に置いておきたくなるだけじゃなく、用途はいろいろある。それが針金の魅力なんだよな」

「手元に置いておきたくなりますか」

「ならないか？」

十四朗のまなざしがおもしろそうに俺を見つめた。

「なんだよ」

「私は針金を手元に置いておきたいとはさほど思いませんが、九里さまはとても目を輝かせていらっしゃるし、針金から目を離さないので、よほど興味がおありのようだと思いまして」

かわいいなあとでも言いたそうな目つきをしている。

針金に夢中になって、子供っぽいとでも思われただろうか。恥ずかしい。

「足をとめて悪かった。行こう」

俺たちには外出するという目的があったのだ。歩きだそうとしたら、十四朗がなんでもなさそうな調子で提案してくれた。

「よろしければお部屋へお持ちしますが」

なんだって⁉

「本当か」

「はい」

俺は顔を輝かせて、男の穏やかな顔を見つめた。

「おまえ、いいやつだな」

鳥族だったら奪いあいのけんかになるところだというのに、こいつは紳士だ。

尊敬の念を込めてたたえると、十四朗は目を丸くし、それから笑みを漏らして、部屋の隅に置いてある大きな空の葛籠を手にした。

「これぐらいで喜んでいただけるのでしたら、いくらでもお運びします」

楽しそうに微笑みながら葛籠のふたを開け、針金へ手を伸ばす。

「おい、上の者に許可を得なくていいのか」

「はい。ここにあるものは備品ですので。あとで係の者に報告すればいいのです」

「そうか……あ、待て。その葛籠は大きすぎていけない。一尺以下のちいさな箱に入れてくれ」

「一尺ですと、たいして入りませんが」

「いいんだ。大きな葛籠に贈り物を入れると呪《のろ》いがかかる」

「そうなのですか」

十四朗は素直に俺の言葉に従い、ちいさな籠に入れて俺の部屋へ運んでくれた。

外出から戻ってから、部屋で針金をいじるのが楽しみだ。

うきうきしながら屋敷を出ると、瀟洒《しょうしゃ》な庭を歩いた。連れてこられたときは意識がなかったので、屋敷の外を見るのは初めてだ。

役場のほうへ行くと、庶民らしい人の姿がちらほらあった。

役場から出てきた数人がこちらに気づき、わっと声をあげる。

「あら、十四朗さんよっ」

「え、どこどこ？　あ、ほんと。素敵っ」

「となりにいるのは誰よ。え、あ？　神っ？」

見た目はごつい男たちから黄色い声があがって面食らった。

そういえば昨日、王弟が言っていた。神は、ウサ耳族の男女の区別がつかないんだ、と。

つまり自分たちは区別がつくらしいのだが。

「もしかして、あれって、女子か」

「そうですね」

恐る恐る訊いてみたら、肯定が返ってきて、俺はまじまじと女子たちを見つめてしまった。

うーん。男にしか見えないだろ。

彼女たちのほかにも、俺たちに視線を注ぐ者はあちこちにいた。

俺の容姿がめずらしいというだけでなく、意外なことに十四朗も注目を浴びているようだ。

素敵だとか言われてたよな。

こいつを格好いいと思ってるのは、俺だけじゃなかったんだな。しかも、歩いているだけできゃあきゃあ騒がれるほどって、相当な人気じゃないか。

改めてとなりを歩く男を見あげる。

柔らかそうな巻き毛の前髪から覗く眉と瞳はいかにも理性的で、高い鼻梁《びりょう》がそれに拍車をかけている。なのに冷たい印象を与えないのは、口角があがっていて、優しそうな唇のせいか。

穏やかで落ち着いていて、人好きのする雰囲気を持つ男だと思う。

ウサ耳はほかの者よりも長く、風にそよそよと揺れている。

俺の翼がそうであるように、きっと同族の目から見たら、格好いい耳とか、たいしたことない耳とかあるんだろうな。

十四朗の耳は、素人《しろうと》の俺から見ても、さわりたくなる毛並みと形をしているような気がしなくもない。

俺の視線に気づいた彼が、目をむけてくる。

「なんでしょう」

「俺の国では、翼の善し悪しが社会的地位やアイデンティティに関わってくるんだが、おまえたちの耳もそうか？」

「あいでん……とは？」

「そういう言葉はないのか？　あー、そうだな、自分であること、とか、かな」

十四朗は首をかしげた。

「そういう考えはあまりないですね。太くて長いほうが格好いいと言われますが。それから、芯が硬くてピンと立ちあがっているのがいい耳です」

「じゃあおまえの耳は長いから、格好いい部類に入るんだろう」

「どうでしょうか。あまり表立って、耳の話はしないのです」

彼はなぜか恥ずかしそうに頬を赤くし、俺の翼へ視線を流した。

「翼が自分であることの証明なのですか」

「そうだ。手足よりも大事だな」

十四朗がふしぎそうな顔をした。

「なんだ」

「いえ……私は、翼がなくても、九里さまは九里さまだと思ったのです。失礼なことを言っているようでしたらお許しください」

「自分の耳がなくなったときを想像してみたら、どうだ？」

彼はすこし考えるような間を置き、首をかしげた。

「それでも、自分が自分でなくなったとは思わないような気がします」

鳥族にとっての翼ほど、耳は重要ではないようだ。

「私は、なにがなくなったら、自分が自分ではなくなったと感じるのだろう……」

十四朗がひとり言のように呟いた。

それほど深い意味を込めた話のつもりはなかったのだが、彼は真剣に思索にふけっている。

そうして歩いているあいだも、俺たちは視線を集めていて、十四朗はきゃあきゃあ言われている。当の本人はちらとも見ようとしない。

「おまえ、もてるんだな」

女子の視線をまるで無視している態度になんだかちょっと腹が立ってきて、すこし嫌みっぽく言ったら、困ったような微笑で見おろされた。

ああ、冷たい印象を与えないのは、この微笑の影響か。

笑うと、目元がすごく柔らかくなるんだな。

「興味ないです。好きでもない子にもてても、困るだけでしょう」

その意見には同感だ。

だけどそういう発想が出てくるってことは、好きな子がいたりするのかな。

気になるが、疑問は口から出てこなかった。

訊いたら、十四朗を意識してるって言ってるようなもんじゃないかって気がして。

俺は十四朗が伴侶だって魔術師に言われたせいで意識してしまうが、そうじゃなかったら興味なんてないんだと、昨日自分に言い聞かせたばかりだ。

こんなふうにぐずぐず考えてること自体がもう、意識してるってことなのかもしれないが、でも認めちゃいけない。だってこいつは、俺が王弟と契ってたって、なんとも思わないやつなんだし。

俺の裸を見たのに、責任とるともなにも言ってこないし。

裸……今朝も胸元を見られて……。

………。

ああ、もう。考えだすともやもやするから、考えるのやめよう。

役場の門を出ると、いくつもの店が連なる大通りになった。

「私しか護衛がおりませんので、念のため、街はさっと抜けましょう」

「護衛なんかいらないだろ。俺はここでは無名だ」

「無名だなんて。髪とお顔を隠していても、その背格好で、神であることは一目瞭然《いちもくりょうぜん》ですよ」

ああ。神、ね。

大通りへ足を踏みだしながら、肩をすくめた。

「まだ俺が神だと思っているんだな」

「もちろんです」

神でないならなんだと言うのかと言いたげに、十四朗がまばたきをする。

「俺は人間だぞ。おまえとおなじだ」

「おなじではありません」

ふいに硬い声が落ちてきた。

「おなじだったならば、このような気持ちには……」

なにかをこらえるような、切実な響きを感じて顔をあげると、穏やかなはずだった赤い瞳が、焦げつくような熱量を持って俺を見つめていた。

どくりと鼓動が高鳴る。

目を、離せなくなる。

どうしてだろう。こいつに見つめられると、胸がどきどきして、呼吸が苦しくなる。

俺、やっぱり、こいつのこと意識してる……。

否定したばかりだけど、でも、見つめられただけで顔が熱くなるなんて、ほかのやつじゃそんな反応にはならない。

「……このような気持ちって……?」

なぜか緊張して、ささやくような声で尋ねた。すると十四朗が苦しげに眉を寄せた。苦悩の表情。けれども瞳は燃えるように熱い感情をたたえていて、いまにも溢れだしそうだった。

どうしてそんな、せつなそうな顔で俺を見るんだ。

十四朗がこらえるように唇を噛みしめる。

でも目はそらされない。

呼吸のしかたを忘れそうな、息の詰まる時間だった。胸がどきどきして苦しくて、見つめあう時間がひどく長く感じられる。なのに俺は、自分から目をそらすことができない。そらしたら、大事ななにかを見逃しそうな気がした。

やがて彼の唇が、こらえきれないといったように開いた。

「九里さま、私は――」

「十四朗ではないか?」

そのとき、背後から呼ぶ声が聞こえ、俺も十四朗もふり返った。

中年の、職人ふうの男が片手をあげてやってくる。彼は鼻の穴に綿を詰めていた。

「親方。昨日はお世話様でした」

「おお。その昨日預かったものを届けにいこうとしていたんだが」

親方と呼ばれた男が言いながら俺のほうへ視線を流した。

十四朗と知りあいのようだし、顔を隠したままというのも失礼だと思って、俺は頭に巻いていた布をとった。

「なんと……こんな間近で……」

親方は俺の顔を見るなり呆然とし、手にしていた風呂敷を落としてしまった。

地面に落ちると、風呂敷の中からカミソリが飛びだし、俺の足元に転がってきたのでなにも考えずにひょいと拾った。

すると、親方の鼻の穴から綿がぽんと飛びだし、

「ふんぬ！」

鼻血が噴きだした。

どえっ⁉　どうしたいきなり。

近くを歩いていた男もカミソリを持つ俺を見て、目玉が飛び出そうな顔をした。

「え……神が、髭剃り？　ええっ⁉」

なにやら叫んで、

「ぶほっ」

なぜか彼も鼻血を噴きだし、前屈《まえかが》みにうずくまってしまった。

な、なんでっ。

「え？　髭剃りですって？」

「ええっ？　神が髭剃りをしているだと？」

「こんな往来でっ？」

辺りを歩いていた者たちが足をとめてこちらを見る。

すると、

「ぶほっ」

「ほげっ」

「タラバガニっ」

俺を目にした者から順に鼻血を噴きだし、ばったばったと倒れていく。

なんだこれは。敵の吹き矢に見舞われているのか？

十四朗に背中を預け、用心しながら周囲を見まわすが、敵らしい者はいない。

「おい、十四朗……これはいったい」

「ああっ！　兄の八朗《はちろう》が！」

「え、おまえの兄さん？」

十四朗の視線の先で、男がひとり、崩れ落ちるように倒れた。

「いけません。早くそれを隠して、逃げましょうっ」

「隠して逃げるって、なんでだよっ?」

このカミソリは親方のものだろう。それに倒れている人たちを介抱するべきじゃないのか。

兄貴だって倒れたんだろう。
二、三話しているあいだにも、なぜか人々が集まってきては、勝手に鼻血を噴きだしてばたばた倒れていく。俺たちを中心として、またたくまに累々たる屍《しかばね》の山ができてしまった。
それでも続々と人がやってくる。

「このままでは暴動が起きます。緊急事態ということで、失礼しますっ」

状況を理解していない俺を十四朗が抱きかかえ、倒れている人を跳び越えた。

騒動の中心をはやてのように駆け抜けていき、街を通りすぎ、田畑の広がる田舎道まで来た頃ようやく速度が緩み、人っ子ひとりいない海の見える崖の上までくると、十四朗の足がとまった。

「なんだったんだ、いまのは」

腕からおろされてから尋ねると、十四朗に顔をそむけられた。その顔は興奮したように真っ赤だ。

「その前に、それをしまっていただけますか」

「ん?　カミソリ?」

袂《たもと》に入れて「しまったけど」と声をかけると、十四朗はようやくこちらをむいた。

「私たち人間は、髭剃りにとても興奮するのです。私たちは髭が生えないので」

「は？」

生えないから興奮するって、意味がわからない。

「俺、カミソリを持っただけで、髭剃ってなかったけど」

「ええ。それでも、神がカミソリを手にしていると、それだけで連想してしまうのです」

「連想？　髭剃りを？」

「神は、自覚されていないのでしたね。私がうかつでした。これからは、カミソリの取り扱いには十分注意してください」

十四朗の態度からすると、冗談ではなさそうだ。

髭剃りに鼻血をだすほど興奮するなんて、妙な民族だな……。

「おまえはだいじょうぶなんだな」

「世話係は訓練されておりますので。世話係だけでなく、屋敷に働く者は最近は耐性ができてまして、カミソリを見るぐらいでは落ち着いていられるようになりましたが、一般の民は免疫がないのです」

だからあんな惨事になったのだという。

「よくわからんが、今後は気をつける。しかし、あの場を放置してきたけど、だいじょうぶかな」

「神がいなくなれば、収拾するかと」

「兄貴もいたんだろ。悪かったな」

「九里さまが気にかけていらしたと知れば、兄も喜びます」

十四朗がいつものように微笑む。顔の赤みは元に戻りつつある。

「八朗と呼んでたな。おまえ、たしか五人兄弟の真ん中だったよな」

「いえ、十一人おりますが……あ、九年前は五人でした。もしや私は昔、あなたに兄弟の話をしましたか」

「ああ」

「そうでしたか。私自身、話したことを忘れておりました。よく覚えておいでで」

「ま、まあな。記憶力はいいんだ」

嘘だ。俺は三歩も歩けば忘れるぐらい、記憶力が悪い。

でも十四朗に関することだけは、ばかみたいに覚えている。

本人も忘れているようなことを覚えているなんてなんだか恥ずかしくて、さも覚えていて当然みたいなそぶりをした。

「しかし十一人はすごいな。そんなにたくさんの兄弟にもまれて育ったから、おまえは人当たりがいいのかな」

十四朗が照れたようにありがとうございますと言う。

「いまは弟と妹が八人です。ちいさい兄弟の面倒を見ていた経験が、世話係の役に立っています」

「一番下はいくつだ」

「生後半年です」

「へえ」

そりゃかわいいだろうなあ。

「赤ん坊にも耳は生えてるのか」

十四朗がくすりと笑う。

「もちろんです」

十四朗の弟なんて、十四朗をちいさくした感じなんだろうか。

見てみたいもんだな。

「九里さまにも、ご兄弟はいらっしゃるのですか」

「兄と姉がいたな」

ふたりとも死んだけれど。

俺は近くの木の幹に寄りかかり、青い海へ目をむけた。波はほとんどなく、穏やかな海だ。

「ここは平和だな」

カミソリの一件は驚いたが、基本的に争いのない、のどかな国だということは、駆け足で通りすぎただけでも見てとれた。

「人も土地も穏やかだ。俺がいたところは、いくさが絶えなかった」

言葉にすることで確認し、実感する。

ここは、あの戦乱の地じゃない。平和な国だ。

一日が過ぎて、ようやくそのことが心身に染み渡ってきて、代わりに身体の芯からなにかがじわりと溶けだすような感覚を覚えた。

十四朗が一歩前へ出て、俺の横に並んだ。

「だから、ワニに襲われたときも冷静に戦えたのですね」

「いや、あのときは冷静じゃなかった。目覚めたら見知らぬ場所だし、おまえがいるし」

「しかし冷静に攻撃の指示をくだしました」

「まあ、戦い慣れているかもしれない」

「翼のケガが治ったら、お帰りになるのですか」

十四朗が不安そうに尋ねた。

「どうかな」

流刑の身で帰れるはずもないのだが、この地も来たばかりで、不安がなくもない。曖昧な言葉の中に潜む不安に気づいたのか、彼が力強く言った。

「ここにいてくださったらいいと思います。私たちは歓迎しております」

「ここに住むとなると、まずは、愛想のなさを改善しなきゃな。あと、言葉の足りなさと」

「そのままでよいと思います」

うん？　さっきと言ってることが違うじゃないか。

横目で見あげると、まっすぐなまなざしとぶつかった。

「私が助けますので、九里さまは、そのままで」

真摯《しんし》に言い募られる。

「九里さまは、自分に厳しい方のようにお見受けしました。ご自身になにかを課すことはせず、心穏やかにすごしていただきたく思いました」

自分に厳しい、ねえ。

針金にほいほいつられたりして、だめな部分のほうが多いのだが、十四朗にはそう見えるのか。

たしかに表面上は峻厳《しゅんげん》な男に見えるかもしれない。何年もいくさの中で生きてきたから、俺はここの人間とは異質な空気をまとっているはずだ。物事をはっきり言うし、笑顔も見せない。

とくに最後の半年間は、孤独で、追い詰められていて、死んだほうが楽だった。いくさに敗れて流刑となって、悔しさよりも放心した。

俺の人生は、あそこでいったん終わったのだ。

麻痺《まひ》していた俺の心が、あえて忘れていた感情を思いだす。十四朗の心によって。いたわる言葉をかけてもらえたのなんて久しぶりで、胸が熱くなった。こんな気持ちになったのも、どれくらい久々だろう。心が緩みそうになり、慌てて海のほうへ視線を戻し、話題を変える。

「海は立ち入り禁止って話だったが、この辺ならいいのか」

「はい。海に、九里さまの舟は見当たりませんか」

「あー。ないんじゃないか？　きっと壊れただろ。板きれの一、二枚は俺といっしょに流れ着いてるかもしれないが。舟が見たかったか？」

「月やご家族の思い出の品などが残っていたらいいと思ったのですが」

俺はいっしゅん息を詰まらせた。

「もしかして、そのためにここまで連れてきてくれたのか」

十四朗が控えめに頷く。

「兎神のお話をうかがうと、おなじ月でも、兎神たちのいた場所よりも、九里さまがいた場所のほうが帰る方法が難しいようでしたので。なにか、心の支えになるものがあればいいと」

カミソリの惨事のあと、屋敷へ戻ったほうが簡単なのに、わざわざここまで来たのは、俺への気遣いのためらしい。

思い出の品なんて、俺自身、そんなことはちっとも考えてなかったのに。

こいつは俺よりもずっと深く、俺のことを思いやってくれている。

「ありがとな」

俺は照れてうつむきながら、彼の肩を軽く叩いた。

こいつのそばにいれば、心穏やかでいられると思えた。

過去の思い出を超えて、いまここに立つ男へ、急速に心が傾いていくのを自覚した。


屋敷へ戻ると、俺はさっそく針金いじりをはじめた。

十四朗はいったんさがり、裁縫道具を持って戻ってきた。

「本当に、ここでやっていてよろしいのでしょうか」

繕い物をするためさがると言うので、ここでやれと言ったのである。もうすこし、いっしょにいたかったのだ。

火鉢の前で針金を編み込んでいた俺は顔をあげた。

「そのほうが、用があったときにすぐに呼べていいだろ」

いっしょにいたいからなんて言えないから、もっともらしい理由を口にしたら、十四朗が納得して居間の隅に腰をおろした。

「そんなところじゃなく、もっとこっちに来たらいい」

さっきは肩を並べて歩いていた。あの距離感が、身体の距離だけじゃなく、心の距離も近づけそうな気分にさせたんだ。

だからいまも、もっとそばにいてほしい。

しかし十四朗は首をふる。

「いえ。ここで」

「寒いだろう」

「だいじょうぶです」

頑《かたく》なに拒みやがって。

遠慮してるのはわかるが、そんな寒そうなところにいられたら、こっちも気を遣うんだ。だったら俺と火鉢が移動してやる。俺は腕に火鉢を抱え、持ちあげようとした。火鉢は二十キロぐらいありそうで、しかも火が熾《おこ》してある。

「わ、九里さまっ」

慌てて十四朗が駆け寄ってきたので、火鉢から手を離し、彼の袖を引っ張ってそこにすわらせた。それから自分もとなりに腰をおろす。

「近くにいたほうがあったかいだろ」

どぎまぎしたような表情をしている十四朗に、俺は目元だけ、いたずらっぽい笑みを見せてやった。

「っ」

俺の笑顔がめずらしかったためか、十四朗が息をとめ、目を見開いて固まった。

そんなに驚いた顔をされたら恥ずかしくなって、俺はすぐにうつむいて針金いじりを再開した。

彼は落ち着かなそうに身体を硬くしていたが、やがて縫い物をはじめた。

しばらくして、

「九里さまは、指が器用なのですね」

と、俺の手元を見て、感心したように話しかけてくる。

「そうか？　特別器用だと言われたことはないけど」

「私はそれほど細かく綺麗に編めないと思います」

お世辞だろうと思いつつ十四朗の手元を見たら、縫い目がやや粗かった。鳥族ならば、性別年齢にかかわらずもっと丁寧な仕事をする。

こいつが不器用なのか、ウサ耳族はみんな細かい作業が不得手なのか。

指摘したら気にするだろうし、着るのに問題ない程度だから黙っておき、手を動かした。

意外なことで褒められたのがなんだかとても嬉しくて、得意になって早編みを披露してみせたりする。

「すごいですね。なにをお作りになっているのですか」

「籠だ」

「針金製の籠ですか。なにを入れるためのものですか」

「自分」

「……。ご自分を？」

俺は「そうだ」と頷く。

「入って、どうするのですか」

「べつに、どうもしない」

「……そうですか……」

「でもそんなに大きいのは無理かなー」

「足りなければ、またお運びいたします」

静かで穏やかな時間が流れる。

十四朗とふたりで、こんな穏やかなひとときを持てるようになるなんて、いくさに明け暮れた日々から思うと夢みたいだと思う。

こいつのそばにいるとふしぎなほどに心が癒やされ、幸せをかみしめて指を動かす。

そのうち室内もぽかぽかと暖かくなってきて、眠気を誘う。

俺はいつのまにかうつらうつらと舟をこいでいた。

手にしていた針金がすべり落ち、それによって目を覚ますと、十四朗の肩にもたれかかっていた。

うわ、と目をあげると、彼の熱っぽいまなざしに見つめられていた。

赤い縁の瞳が、俺を求めるように熱を帯びていて、唇は、身体の熱を放出するようにわずかに開いている。

そんなはずはないのに、まるで、くちづけたいというような表情に見えて、どきっとした。

十四朗の手は、針を持ったままとまってる。

「悪い」

俺がもたれたせいで、彼の仕事を邪魔していたことに気づき、慌てて姿勢を戻した。

俺と視線がはずれると、十四朗も横をむき、とり繕うように咳払《せきばら》いをして繕い物を脇に置いた。

くすぐったい気分だ。どきどきして、顔が熱い。

「お布団を敷きますので、そちらでお休みになってください」

「いや。本格的に寝たいわけじゃないんだ」

眠気はあるが、十四朗といっしょにすごしていたい。寝室へ行ってしまったら、十四朗はついてきてくれないだろう。

気のせいか、空気が甘い。

俺が肩を借りてうたた寝しても、十四朗は困った様子も見せずに甘やかしてくれる。

こうしてそばにいると、心も近づけそうな予感がし、期待してしまう。

もうすこし甘えてもだいじょうぶだろうか。

そんな空気を感じ、俺は思いきって彼の膝の上に身を倒した。

「あのっ？」

「膝を貸せ」

十四朗が俺の肩をとめようとし、しかしふれるまえに慌てて手を引っ込めて、身体ごと後退する。

「いや。それはちょっと。あの、お布団で」

「ちょっと横になりたいだけだ」

俺は逃げようとする男の腰を両腕でがっしりと抱きついて捕まえた。いきおいあまって彼の下腹部に顔が埋まりかけたとき、

「き、九里さまっ！」

十四朗が悲鳴をあげた。その声に驚いた隙に、腕から逃げられた。

「で、では枕を」

「おまえの膝は貸せないのか」

低い姿勢のままむっとして睨みあげた。

十四朗は困ったように目をそらした。

「少々お待ちください。秋芳殿をお呼びします」

「なんで急に秋芳」

「ですから、膝枕を」

「彼は忙しい。膝枕ぐらいで呼ぶことはないだろ。おまえじゃだめなのか」

「ご容赦ください」

「どうして」

「どうしてもです」

ちょっとじゃれつきたいだけだったのに、そんなに嫌がることないじゃないか。

「俺の頭はそんなに重くないぞ。長時間するつもりもない」

「そういう問題ではなく、九里さまの頭をここに乗せたりしたら、その、いろいろと不都合が……想像しただけでも、すでに困ったことに、その」

十四朗は歯切れが悪く、要領を得ないことをもごもごと言っている。

なにが不都合だって言うんだ。

どうして俺と距離を置こうとするんだ。

俺を助けるなんて言って近づいておきながら、俺が近づこうとすると引くなんて、ずるい

櫛木理宇
Kushiki Riu
ドリームダスト・モンスターズ
恋の予感と謎解き。
ドキドキがいっぱい。
5/15
発売
大人気『ホーンテッド・キャンパス』の著者が描く
オカルト青春ミステリー開幕!
幻冬舎文庫
書き下ろし　600円

キャンパス』の著者による、
スターズ』(D.D.M)

孤立した
人の
中で
の予感!?

まえ いち)

子者。
暮らし。
前だが、
ことができる。
ンチも長身の
なぜか気になる。

乙彦
おつひこ)

父親。
変わり者で、
食は
メニューと
いる。
の研究開発者。

眠るのは
大好きなのに、
夢をみるのはけっして
好きとは言いきれない。
なぜなら、怖い夢を
みることがあるから——。
そんなあなたのために、
謹んでお届けする
小説です。

著者 **櫛木理宇**さん

とても面白く、
参考のためにいただいた
原稿をすっかり読みふけって
しまいました……!
このような素敵な物語の
カバーイラストを描かせて
いただいて本当に光栄です。

イラストレーター
カジワラさん

水と壱の恋の行方に
悪夢の恐ろしさにドキドキ、
に隠された真相にドキドキ。
「ドキドキ」を味わえる
も贅沢な一冊です!

編集担当K

ホラーやミステリー
としての面白さはもちろん、
お話が進むにつれて、子猿のようだった
壱くんが、どんどん格好良く思えてきます。
二人の微妙な関係に、読んでいるこちらの
胸もキュンキュンしてしまいます。

営業担当A

幻冬舎 〒151-0051 東京都渋谷区千駄ヶ谷4-9-7 Tel. 03-5411-6222 Fax. 03-5411-6233
幻冬舎ホームページアドレス http://www.gentosha.co.jp/

ベストセラー『ホーンテッド
新シリーズ『ドリームダスト・モン

STORY

悪夢に悩まされるスタイル抜群の女子校生・晶水。クラス
彼女に、なぜかまとわりつくお調子者の同級生・壱。彼は
夢に潜れる「夢見」という能力の持ち主だった。壱が夢
見つけたのは、彼女の忘れ去りたい記憶!?　それとも

CHARACTERS INTRODUCTION

石川晶水(いしかわ あきみ)

高校一年生。
長身でスタイル抜群。
中学時代は
バスケ部のエースで
人気者だったが、
ある事件をきっかけに
心を閉ざしてしまう。

山江千代(やまえ ちよ)

壱の祖母。代々「夢見」という
商いをしている。
関西なまりの優しい口調で
晶水を温かく迎えてくれる。

涌井美舟(わくい みふね)

中学時代は晶水のクラスメイトかつ
チームメイトかつ、親友だった。今はただの
クラスメイト。晶水が心を閉ざしてからも、
内心彼女のことを気にかけている。

山江 壱

クラスのお
祖父母と三
まだまだ半
人の夢に潜
自分より1
晶水のこと

石
(い

晶
相
朝
毎
決
メー

ド
さら

新世代《ニューエイジ》フェア 5月の新刊

幻冬舎文庫
表示の価格はすべて本体価格です。

重犯罪予測対策室　鈴木麻純

書き下ろし 690円

未来の罪で、あなたを逮捕します。

最強キャラ×警察小説

小日向響は、「重犯罪予測対策室」の内部調査を命じられる。事件を未然に防ぐべく集まった面々は対人恐怖症や政治家の我がまま息子など問題児ばかり。予測不能なエンターテイメント小説!

リバースヴァンパイア　吉野匠

580円

天月《あまつき》村に伝わる秘密の呪法

首に噛み跡が残る死体が、次々発見され——

胸キュン美少女吸血鬼!

寂れた神社で起きた襲撃事件。真田淳也は無我夢中で立ち向かった! リバースヴァンパイアの呪法とは一体何!? 累計110万部突破の「レイン」シリーズ著者が描く胸キュンの美少女吸血鬼物語。

保育士・ミクの夢解き日誌

おやすみなさいは事件のはじまり　三岡雅晃

書き下ろし 690円

園児の世話と事件解決は先生におまかせ!

ラブコメミステリー

麒麟島神記　山川沙登美

祈り巡りて花の降る

書き下ろし 690円

愛する者を守るための冒険が、いま始まる——。

ハイファンタジー

ガンスミス　荒川匠

書き下ろし 580円

その銃が射貫くのは希望か、絶望か!?

アクションサスペンス

じゃないか。

「……式神として、命令したらいいのか」

意地でも膝枕をしてほしい気分になってきて、俺は卑怯《ひきょう》にも権力乱用発言をして睨んだ。

すると彼は思いつめた顔をして、畳にひたいをすりつけるほどに頭をさげた。

「どうかお許しください」

たかが膝枕を、まさかそこまで嫌がられるとは思ってもみなかった。

「助ける」なんて言ってくれて、積極的に俺と関わろうとしてくれていると感じたから、もうすこし仲良くなれると思ったんだ。

十四朗は礼儀としてもてなしているだけだったんだろうか。

あくまでも世話係として言っただけで、仕事の範疇《はんちゅう》を超えることをするつもりはなかったか。

ふつうに考えたらそうだよな。

近いつもりだったが、実際には高い壁と遠い距離があったことに気づき、ひどくがっかりした。

「そんなに、困らなくてもいいだろ」

俺はひそかにため息をつくと、落胆したことを悟られないようにふつうの調子で声をかけた。

「ちょっとした冗談だ。顔をあげてくれ」

十四朗に非はない。俺が期待しすぎただけだ。

そばにいるだけでも幸せだったものだから、調子に乗ってしまった。

十四朗が顔をあげると、俺は落とした針金を拾い、作業を再開した。

「九里さま、お布団はいかがされますか」

「いい。眠気は飛んだ」

「では、お茶をお持ちしますね」

「べつに、まだいい」

「あ……そうですか。ではあの、ちょっと失礼します」

十四朗がなぜかそわそわして立ちあがる。

「なんだ」

「いえ、その。厠《かわや》へ」

十四朗は言いにくそうに目を泳がせて退室し、戻ってくるとそれまでとおなじように裁縫を再開した。

夕方までそうしていっしょに過ごしたが、彼に壁を感じてしまって、幸せな気分は戻ってこなかった。

膝枕なんて、友だち同士だってするじゃないかよ、くそ。

仲よくしたいと思っているのは俺だけなんだとつくづく思い知らされ、落ち込んでしまう。

ふつうにしているつもりだったが、針金いじりにも身が入らないし、ついついため息を漏らしたりで、十四朗に気づかれた。

「九里さま。元気がないようですが、体調が優れぬのでしょうか」

ああもう、こいつは。

膝枕を拒まれた俺の気持ちに全然気づいてないんだよな。

世話係という立場からすると、断るのが当然なのかもしれない。

だけど俺は、もっと親しくなりたかったんだ。

「身体の調子はいい」

こんなとき、俺は気持ちに反して素っ気ない態度になってしまう。

素直に気持ちを言葉にできない。

「……。お食事は、召しあがれますか」

「ああ」

十四朗が心配そうな顔をするから、なんだか泣きたくなった。

膝枕を拒まれたぐらいで泣いていたら、ばかだろ。

夕食を終え、入浴から戻ってくると十四朗が布団を敷いていて、当然のように枕をふたつ並べているのを目にしたら、本気で泣きたくなった。

そうだった。十四朗には俺が王弟と契っていることになっていたんだ。

平然と枕を並べやがって。

本当にこいつは、俺が王弟と契ることに興味がないんだよな。

父親が認めてさえいれば、俺の伴侶はおまえだったかもしれないのに。

あの魔術師が本当に能力者だったのかわからない。十四朗は俺の運命の相手なんかじゃなく、適当に呼ばれただけかもしれないけど。

「なあ十四朗、この国では、神は性別を超越した存在だと聞いたが、おまえも、そう思うのか」

「もちろんです」

「そうか……」

この国では男同士でも契るということは、王弟から聞いた。男同士でも問題ないのならば、十四朗が伴侶というのもここならばありえるのだ。

俺はまだ誰とも契ったことがないが、知識として学習はしてある。

男同士なんて、想像するとぞっとする。だがその相手が十四朗だったらと思うとふしぎなほど嫌悪感を感じなかった。

って、なに考えてるんだ俺。十四朗と契るだなんて。

十四朗のほうは、俺に興味なんてないのにな。

ほんと、俺だけが意識していて笑える。

寝室の支度を調えた十四朗がふり返り、居間にいる俺を目にして、さりげなく視線をそらした。

目のやり場に困るとでも言いたそうで、俺は自分を見おろした。また胸元がはだけてやしないかと思ったが、身なりはきちんとしていた。おかしなところといえば、みっともないくらい赤い顔をしていることぐらいだろうか。湯船につかりすぎたんだ。

「では、私はこれで」

これで仕事は終わりとばかりにさっさと帰ろうとする彼の態度が寂しくて、俺はとっさに引きとめた。

「秋芳が来るまで、いてくれないか。ひとりでいても退屈だ」

「は、い」

十四朗は表面上はにこやかな対応を見せたが、目は泳いでいる。

なんだよと思っていたら、十四朗が簞笥《たんす》から手ぬぐいをとりだしてきた。

「髪が濡れております」

髪は後頭部へまとめあげている。言われてみれば、滴がしたたっていた。

と、そこに戸を叩く音がし、王弟の声がした。

中へ入るように促すと、王弟が陽気な顔をして入ってきた。

「よお。忙しくて、なかなか顔を見に来れなくてすまん」

「いや」

「ん？　風呂からあがったばかりか。ったく色気ふりまきまくって。髪がびしょびしょだぞ」

王弟が、十四朗の持っていた手ぬぐいをひょいととり、無造作に俺の髪を拭く。

「紐《ひも》、ほどくぞ」

「自分でできる」

「いいから任せておけ」

いいけど、どうせなら十四朗にやってほしかったな。

部屋の隅へ移動した十四朗が俺たちを見ている。貼りつけたような無表情で、世話係に徹しているようだった。

「なあ。あんたの髪って、どこまで伸びるんだ」

「さあな」

「勇輝も伸ばせばいいのに、あいつ、邪魔だからって切っちまうんだよなあ。これ、あんたはわざと伸ばしてるのか」

「ああ」

「伸ばしてるのは、なにか理由があるのか。いや、勇輝が気にしてたから。部族的なしきたりなのか個人的な理由なのかとか」

「しきたりだ。べつに、切ってもいいんだが。そういえばこの国の民はみんな短くしてるんだな」

会話をしながら髪を拭いてもらっているうちに、いつのまにか十四朗は退室していた。

邪魔をしないようにと、声をかけずに出ていったのだろう。

これから抱きあうと思われている。それが悲しい。

どうしてこれほど悲しくなるのか。

胸の痛みにとまどい、俺は顔をしかめた。


十四朗や王弟との会話で、この国のことはずいぶんわかってきた。

だがふたりともこの国の住民で、俺のことを神と信じてるから、話していて嚙みあわないことがある。

たとえば彼らは俺のことを色気があるとかかわいいと言うが、俺は色気なんかないし、かわいくもない。もしかしてかわいいという言葉には、ここではべつの意味があるんだろうかと不安になる。

髭剃りに欲情するくらいだし、ほかにも俺が想像できないような性質があるかもしれない。

兎神の申し出をいちどは断ったが、やっぱり、おなじ異邦人の意見を聞いておいたほうがいい気がしてきた。

翌日、面会の申し入れを十四朗に頼んだところ、いまならだいじょうぶだという返事をもらってきたので、さっそく出かけることにする。

「場所を教えてくれ」

「ご案内します」

兎神の執務室の場所を知らないので、十四朗を連れて部屋を出る。

俺は表面上はふつうにふるまっているが、昨夜の胸の痛みを引きずっていた。

今朝も敷布をわざと汚しておいたのだが、十四朗はそれを見てもなにくわぬ顔で始末していて、変わらぬ調子で俺に接してくる。

それが地味に胸にこたえた。

本当は王弟と抱きあっていないと打ち明けたいが、打ち明けたところで、こいつはなんとも思わない。どころか、ちゃんともてなしを受けろと言われそうだ。

「そういえば今日は、遅かったんだな。寝坊でもしたか」

「いえ、自室の壁を壊してしまいまして、補修に手間取りまして」

「へ？　壁を壊すって、どういうことだ」

「いえ。その、ちょっと、気持ちを抑えられなくて、衝動的にこぶしをぶつけたら、穴が開いてしまって」

十四朗が気まずそうに目を泳がす。

「おまえでも、そんなことがあるんだな」

穏やかな性質の男だと思っていたから、意外だ。

でも、ふとしたときに熱い目つきをしていたりして、内実はけっして穏やかなだけの男じゃないんだよな。

「私も、自分では冷静なほうだと思っていたのですけどね」

「なにがあったんだ」

「たいしたことではございません」

そう言われても、気になるじゃないか。

じっと見つめていると、見つめ返された。どことなくせつなげな、熱っぽいまなざしに、どきりとする。

しかし十四朗は思いを吹っきるかのように目をそらすと、重い口を開いた。

「じつは夕食に出たごま団子、私の好物なんですが、そうと知っていながら先輩が私のぶんまで食べてしまったんです」

深刻そうに告げられ、俺はぷっと笑ってしまった。

「おまえな、そんなことで壁を壊すなよ」

「ええ。いまは反省しております」

「じゃあ今度、俺のぶんをやるよ」

「ありがとうございます。でもだいじょうぶです。次は私が先輩のぶんを奪います」

俺はしばらく笑った。

ごまかされたような気がしなくもなかったが、十四朗の好物が知れたことに気をとられ、流してしまった。

「昨日、秋芳殿に髪を拭いてもらっていましたね」

十四朗が、俺の髪を眺めながら言った。

「ずいぶん、打ち解けられたのですね」

「そうだな。あいつは、おもしろい」

「もし」

ためらうように言葉を区切り、一呼吸置いてから、言いだす。

「もし、よろしければ、今日から私がお拭きしましょうか。長いと乾かすのが手間でしょうし、腕を動かすと、翼のケガにも響くのでは」

「ありがたいけど、子供じゃないし。人の髪なんて、さわりたくないだろ」

「とんでもございません。九里さまの髪はとても綺麗で、さわりたくなります」

唐突に力強く褒められた。

上をむくと、俺の髪を眺めていた十四朗が俺の目を見返し、微笑んだ。

まなざしに甘さがにじんでいて、胸を打ち抜かれた。

くそ。不意打ちだ。

なんだよ、昨日は壁を作ったくせに今日は褒めるのかよ。

おまえ、俺をどうしたいんだよ。

どうせ深い意味なんかなくて、思ったことを口にしてるだけなんだろ。

それでも俺は嬉しくて、褒めてもらえるような髪でよかったとか思っちまうんだ。

「昨日秋芳に聞いたが、おまえたちは、こんなに伸びないいんだってな。奇妙に映るようなら切ろうと思うが、どう思う?」

嬉しいのを隠してぶっきらぼうに訊いたら、強く反対された。

「いけません。よく似合っております。どうかそのままで」

「そうか」

慣習で伸ばしていただけなので、どうでもよかったのだが、十四朗がそう言うのなら、切らずにいようと思った。

十四朗が前をむく。

「いつのまにか、秋芳殿のことを秋芳と呼ぶようになったのですね」

「ああ。それでいいって言うから。俺も九里でいいと言ってある」

「そうですか」

その声は微妙に硬く、ぎこちなく聞こえた。

「なんだ」

彼の目が俺のほうをむき、微笑む。

「秋芳殿とは相性がよろしいようで、世話係の私としても嬉しいかぎりです」

微笑んでいるのにどこか悲しそうで、声も力なく感じた。

俺の視線を避けるように、十四朗が俺の前を進む。

どうしたんだろう。気になったが、聞きだす前に兎神の部屋に着いてしまった。

「こちらです」

九里のあとについて兎神の部屋へ赴くと、兎神は大きな地図を畳に広げ、なにか書き込んでいた。

「やあ九里くん。ちょっと待って、いま片付けるから」

「いや、そのままで。それは？」

「この国の地図。もうすこし暖かくなったら、北部へ行く予定なんだけど、どこを通っていこうかなあと思って——あ、障子閉めよう」

兎神がふと立ちあがり、縁側のほうへむかう。障子が開いていて、庭の畑が見える。

「食事の匂いが籠もっちゃってたから換気してたんだけど、寒いかな。だいじょうぶかい？」

俺は畳に広げられた地図に興味を持って、部屋の中央へ歩いていこうとし、ふと、十四朗が離れていることに気づいた。やつは俺から距離を置くように部屋の隅に控えている。

十四朗は世話係なんだし、ここは兎神の部屋だし、その態度は当然のことだ。距離を置かれてるわけじゃない。

わかっているが、つい先ほどの悲しげな態度もあって、気になってしまう。

もやもやした気持ちをふり払うように兎神のほうへ視線をむけたら、庭の畑に目がいった。

畑には様々な冬野菜が育っていた。

白菜や大根、それから――あれは。

「……え?」

うそだろう?

畑に生えている、とある野菜を目撃し、俺は驚いて息を呑んだ。

「ね、ぎ……?」

あの姿形――あれは、噂に聞く、葱《ねぎ》だ。

風に乗って、部屋の中にまで独特な香りが届く。

その香りを感じとった瞬間、俺は縁側へ走り、兎神を押しのけ、素足のまま庭へ飛び降りた。そして畑へ入り、葱を引き抜きはじめた。

「九里くんっ、どうしたんだっ?」

そのとき、まわりの声は聞こえていなかった。

取り憑《つ》かれたように夢中で葱を何本も抜くと、畑の端に落ちていた紐で葱の束をひとくくりにし、背負う。そして畑の周囲を一心不乱にぐるぐる歩きだす。

ぐるぐる、ぐるぐる。

「待つんだ九里くんっ、きみの翼はカモだったのかっ？　違うだろう？　カラスじゃないのかっ？」

兎神がうろたえて庭へ降りてくるのが視界の端に映ったが、俺にもどうしようもなかった。

とにかくひどく興奮して、自分をとめられない。

ぐるぐる、ぐるぐる、ぐるぐる。

「あの、もしもし。九里くん？」

兎神が話しかけ、肩へ手をかけるが、俺は歩みをとめられない。

「えっと、鍋の用意でもしたらいいのかな。それとも温かい蕎麦《そば》とか？」

どこかに行かねばならないという強い意識が働くが、目的地がわからない。

身体が興奮して収まらない。熱くてたまらない。

誰か助けてくれ！

「九里さまっ」

そのとき、十四朗の声が耳に届いた。

声のしたほうへ顔をむけ、その姿をとらえると、俺の足はまっすぐに十四朗へむかい、いきおいそのまま飛びつくように抱きついた。

「九里さまっ？」

たくましい腕に抱きとめられ、興奮は倍加した。

血が全速力で身体中を駆け巡り、呼吸が苦しく、汗が滝のように流れ落ちる。

助けを求めて、俺は広い胸に強くしがみついた。

「どういうことなんだい？」

「私にも、さっぱり……」

兎神が唖然《あぜん》として十四朗に説明を求めるが、十四朗もとまどっている。

「えーっと。九里くん、葱がほしかったら持っていってくれてかまわないんだけど、きみがとったそれ、硬いから、むこうに植わってるほうがいいと思うんだ」

いや、べつに葱が食べたいわけじゃないんだ。

冷静に説明できる余裕がない。

十四朗に抱かれたら、葱への執着がなくなり、俺は葱を束ねた紐を放した。だが興奮は強まっている。

「じゅうし……部屋に……」

呼吸が苦しく、喘ぐように訴える。

「医師と秋芳殿を呼んでまいりますっ」

誰かが叫んで廊下へ駆けていく。

そうじゃないんだ。俺はふるふると首をふる。

「いいから……早く、部屋に……っ」

身体が震える。

「失礼します！」

十四朗の腕に抱きあげられ、部屋へあがる。

「えっと、奥の部屋に布団があるから、とりあえずそこに寝かせて」

「はい」

兎神の指示で奥の部屋へ行こうとする十四朗を、俺は着物をつかんでとめた。

「だめだ……俺の部屋へ……」

「九里さま、遠慮している場合ではないでしょう」

「違う。そうじゃなくて……、医者も、いらないから、とにかく俺の部屋へ戻ってくれ」

「わかりました」

必死に主張すると、彼はなにかあるのだと察したようで、あいさつもそこそこに兎神の部屋を飛びだした。

俺の部屋までたいした距離ではないんだ。迷っているあいだにも着くと判断したのだろう。

部屋へ戻ると布団を敷いてもらい、その上に寝かされた。

「九里さま、どこが苦しいのですか。どうしたらいいでしょう。必要なものはありますか」

俺は苦痛をこらえるようにぎゅっと目をつむり、自分を抱きしめるように身体を丸めた。ひたいに汗がにじみ、頬は紅潮している。口を開いて荒い息をし、身体の熱を逃がそうとするが、収まらない。

「どこか痛いのですか。温めるか、冷やすか、ええと」

「そうじゃないんだ。放っておいてくれていい」

「放っておけるわけがないでしょう！」

十四朗が怒鳴った。

いつもの穏やかで理性的な彼とは打って変わって激しい調子である。俺が心配で、しかしどうしたらいいかわからず焦っているようだった。

あまりにも大きな声だったので、その後の部屋の静けさが強調された。

「お願いします。教えてください。私に助けさせてください」

真摯に切実に懇願される。

あまり言いたくなかったが、納得してもらうためには説明するしかないようだ。

「……葱は、だめなんだ」

俺は枕元にひざまずいている男を見あげた。

「おまえたちは平気なようだったが、俺たちの民族にとって、猫にマタタビみたいなものなんだ」

「猫にマタタビ？」

十四朗が真剣な面持ちで眉をひそめる。

「それはつまり、桃太郎の吉備《きび》団子ですね」

「違うだろ」

こいつはなにを言ってるんだ。

「あのな、桃太郎の吉備団子ってのは、団子ひとつで一生ただ働きさせる詐欺契約に警戒しろという標語だろう」

「いいえ、吉備団子は媚薬《びやく》ですよ」

話が食い違うが、苦しさの前ではどうでもいいことだった。

「……なんでもいい。そう、媚薬だ」

熱い吐息をこぼして、羞恥《しゅうち》に顔をそむける。

「匂いをかぐだけでも、発情するんだ」

話には聞いていたが実際に匂いをかいだことはなくて、こんなに自制が利かなくなるとは知らなかった。

身体が火照るだけじゃなく、性的な欲望が苦しいほどに膨れあがっていた。年にいちどしか発情しない身体が、快楽を求めて焼けるように疼《うず》いている。

「え……では、いま……？」

十四朗が驚きに目を見開き、食い入るように俺の横顔を見つめてくる。

いたたまれなくて、俺はぎゅっと目をつむった。

両手は自分を抱きしめるように腕をつかむ。そうしていないと、十四朗に抱きついてしまいそうだった。

「……あつ……」

身体の火照りが苦しくて、ちいさく呟いたら、ごくりと、生唾《なまつば》を呑み込むような音が聞こえた。

え、と思って目を開けると、十四朗が、俺とおなじくらいに熱っぽいまなざしをしていた。

もしかしたら俺以上に興奮しているんじゃないかというほど、欲情した表情。

俺と視線がぶつかると、彼はその表情を隠すようにさっと顔をそむけた。

「秋芳殿を呼んでまいります」

「や」

十四朗が立ちあがろうとしたので、俺はとっさに彼の袖をつかんだ。

「いい」

「しかし」

「秋芳は、いい」

王弟に来てもらったところで、収まるものでもないのだ。

どれほど発情していたって、彼とどうこうするつもりもない。

だが激しい欲望が俺を侵食し、この欲望をどうにかできるのならどうにかしたいとも思う。

きっと、このままじっとしているよりも、欲望に身を任せたほうが早く楽になれるのだろう。

俺はふと、十四朗の精悍な横顔を見あげた。

王弟は嫌だ。

——だけど、十四朗だったら……。

いままで誰とも契ったことはないし、契ろうとも思わなかった。だがこの男なら、身を任せてもいいような気がした。


「……十四朗」


十四朗はこちらを見ようとしないが、彼も欲情しているように見えるのは、俺の気のせいか。

私に助けさせてくださいと言った、あれは……有効か。


「おまえ、は……」

俺は起きあがりながら、彼にそろりと身を寄せた。

欲望が強すぎて、自分を制御できない。理性の箍《たが》が緩む。

熱い。

いくら発情してしまったからといって、伴侶以外の者と契るのは、鳥族は許されないことだ。

禁忌を破るのは気持ちが怯《ひる》む。ふしだらなことを誘うだなんて、悶死するほど恥ずかしい。

でも俺は、十四朗にこの熱をどうにかしてほしい。

どうか、拒まないでくれ……！

「おまえが、助けてくれないか……」

ありったけの勇気をふり絞ってすがりつき、普段ならば絶対に口にできないことをささやきながら、唇を近づけた。

十四朗がこちらをむく。その視線が俺の瞳から唇へと移動する。

男らしく太いのどの喉仏《のどぼとけ》が、ごくりと上下する。

「……だめ、です……っ」

唇が重なるほど近づいたとき、突き飛ばすように肩を押された。

「秋芳殿をお待ちください」

言いながら、彼は俺から離れ、部屋から出ていった。

残された俺は十四朗が出ていった戸をしばらく呆然と見つめ、それから布団に突っ伏した。

「……はは」

玉砕だ。

人を誘ったことなんて、初めてだったのに。

あいつ、助けさせてくれだなんてあんな真剣に言ってくれたのに。それとこれとはべつってことか。俺と契るのはそんなに嫌なのか。

まあな、俺だって十四朗の立場だったら、相手がどれほど辛そうでも、好きでもないやつと契ることなんてできない。

でもその気がないなら、紛らわしい態度を見せないでほしい。

あんな、欲情したような顔をして俺を見ないでほしい。

もしかしたらと誤解して、恥ずかしい思いをしたじゃないかちくしょう。ああもうほんと、恥ずかしい。

「九里、どうしたん――うわっ」

しばらくして王弟がきてくれたが、俺は枕を投げて追い返した。

完全なる八つ当たりだ。

五

私は口渇と激しい動悸《どうき》を覚えながら廊下を走った。

九里《きゅうり》の無自覚の誘惑には、いつもぎりぎりのところでどうにか理性を保っていたが、いつふらふらっと傾いてしまうか自信がなかった。

顔をあわせたときはもちろんのこと、直接会っていなくとも、脱いだ着物にどきどきしてしまったり、面影を思いだしただけでも胸が苦しくなる。彼と王弟との交わりを考えると夜も眠れなくなる。

こんな調子でこれから先も世話係をやっていけるのだろうかと思っていた矢先に、これだ。

私は王弟を呼んだあと、世話係の待機所へむかった。

九里は私に助けを求めてくれたが、たぶん苦しさのあまり相手を選ぶ余裕がなく、誰でもいいから一刻も早く交わりたかったのだろう。

葱《ねぎ》の効果が落ち着いたら、きっと私などを誘ってしまったことを後悔するだろう。

だから彼のためにも必死に理性をかき集め、王弟を呼んだのだが、これから王弟が九里の身体《からだ》をなぐさめるのだと思うと、たまらなかった。嫉妬《しっと》で身がよじれそうになる。

「九里さま……」

好きだと思う。

抱きたいと思う。

すこしでいいからふれたい。自分だけのものにしたいと思う。

誘惑に流されてしまいたかった。けれども流されたらそばにいられなくなる。

神にふれて許されるのはもてなし役のみ。そして自分は世話係だけでなく、神主見習いでもあるのだ。神の誘惑にあらがえないようではいけない。それなのに。

憧《あこが》れはいつのまに恋になったのか。知れば知るほど惹《ひ》かれ、想いは強まっていく。

容姿が美しく妖艶《ようえん》なだけでない。毅然《きぜん》としているくせに、不器用だったり、恥ずかしがりだったり、針金に目がないなんておかしなところを見せてくれたり、様々な面を持っていて、それを知るたびに魅了されて深みに嵌《は》まってしまう。

そばにいたいと思う。だがそばにいると苦しくてたまらない。

このあと、情事で汚れた敷布をとり替えねばならないのだと思うとやりきれなかった。

だめだ、気持ちを切り換えないと。

このままでは頭がおかしくなりそうで、私は井戸へ立ち寄り、頭から冷水をかぶった。

頭が冷えても、思うのは九里のことだけだ。

廊下へ戻り、ため息をつきながら歩いていると、前方にある神専用浴室から世話係の三平《さんぺい》太《た》が出てくるのが見えた。彼は兎神《うさぎがみ》の世話係だ。手に着物を抱えているところからすると、兎神が入浴中のようだ。

三平太は廊下にたたずむと、手にしている着物をじっと見つめ、それから恐る恐るそれに顔を近づけ、匂《にお》いをかぎだした。

おそらく着物は、兎神が脱いだものだろう。

彼は私が近づいていることに気づかず、恍惚《こうこつ》の表情で匂いをかぐと、やや前屈《まえかが》みの姿勢になり、たったいま出てきた戸口をふり返った。なにかにとり憑《つ》かれたようにふらふらと手を伸ばし、戸を開けようとしている。

あれはいけない。

私は走った。まずい。まにあわない。

「三平太さん！」

とっさに床を蹴《け》り、三平太へむかって跳び蹴りを食らわした。

「ちぇすとぉっ！」

「ぐおっ」

三平太が床に転がる。

「しっかりしてください！」

三平太を抱き起こしてみると、彼はまだ憑かれたような目つきをしていたので、私は彼の頬に平手打ちをした。

「はっ？」

それでようやく三平太は正気に戻ったようで、私に焦点をあわせた。

「ああ、十四朗《じゅうしろう》か……私はいったい……？」

「その着物の匂いをかぎ、浴室を覗《のぞ》こうとしていました。いま、兎神が入浴中なのでは？」

「おお、そうだ……なんたること」

三平太はぶるっと身体を震わせると、床に落ちた着物を恐ろしそうに見やった。

「兎神の着物を手にしたところから、記憶がないんだ」

「なんとすさまじい誘惑力」

三平太が私の手をとる。

「ありがとう十四朗。おまえが目を覚まさせてくれなかったら、私はいまごろとんでもないことをしでかしていたかもしれない」

「危ないところでした」

神の魅力は身を滅ぼしかねない。とくに兎神の場合は、王の監視がすさまじい。

「私は行きますが、だいじょうぶですか」

「ああ。もうだいじょうぶだと思う」

自分もたったいま九里に手をだしそうになったばかりで、三平太の気持ちはよくわかるし他人事《ひとごと》ではなかった。

自分が禁忌を犯すのも、時間の問題のような気がしてならない。

三平太と別れ、ふたたび九里のことを想いながら待機所へ入った。

待機所は六畳ほどの簡素な部屋で、ちょっと仮眠をとるための毛布や湯飲みなどが部屋の隅に置かれている。

すでにふたりの世話係がいて、談笑していた。

「おお、十四朗。ちょうどおぬしの話をしていたところだ——どうした妙な顔をして」

私の顔を見るなり、ひとりが話しかけてきた。那須《なす》の式神《しきがみ》の世話係をしている与助《よすけ》だ。

「いえ」

三平太のことや、九里の誘惑が頭にちらついていたが、話せることではない。

「私の話というのはなんでしょう」

腰をおろして尋ねると、与助が口元に手を当てて声を潜めた。

「そちらの式神は、どうだ」

「よい方だと思います。人見知りする性格のようで、すこし不器用な面があるようです。そう、そのことですが」

昨日、散歩へ行く前の神々の会話について話して聞かせた。

「言葉が簡潔すぎるきらいがあるので、兎神たちは彼のことを誤解しているかもしれません。もしその話題が出たら、それとなくお伝え願います」

与助はわかったと頷《うなず》き、なにか言いたそうにあごを撫《な》でる。

「よい方なら、よかった」

「なにか」

「私が訊《き》こうとしたのは、耳のことなんだが」

「耳ですか？」

「ああ。那須さまなのだがな。私の耳に興味がおありのような気がしてならなくてな」

「そのことでしたら、興味ないと言われたという話では」

「そうなんだ。だがな。やはり、気がつくと見られているのだ。こう、じっとな」

与助が私の耳を舐《な》めるように見つめる。

私は思わず身をすくめた。

「見られていることに私が気づくと、那須さまは目をそらすのだが、気づくと時々、見られているのだ。狙《ねら》われているとしか思えない」

先日、王弟との交わりのあとに、式神が王弟の耳をさわっていた光景が脳裏に浮かんだ。

「……やはり、那須さまは変態なのでしょうか」

「そうなのだろうな。それで、九里さまはどうなのだ。おなじ式神だから、もしやと思ってな」

九里は、どうだろう。

すくなくとも私の耳をさわろうとしたことはない。

「耳についての質問はありましたが、とくに、狙われている感じはしませんね」

「そうか……那須さまだけか」

与助がこぶしを握る。

「那須さまは、頭の耳は自分にはないものだから目がいくとおっしゃる。そんなものかと私は思っていた。だがな、やはり那須さまは変態なのだと思うのだ。ほら、九里さまには我らにはない翼があるだろう。だが私は、九里さまの翼ばかりに目がいかない」

「たしかに。私もそうですね」

私も九里の翼はめずらしいし美しいと思うが、そこまで気にならない。翼特化ではなく、全身すべてが美しいせいだろうか。

となりにいた兎神の世話係、三加茂《みかも》が上目遣いに与助を見る。

「じつは、ぼくも時々、那須さまの視線を耳に感じるんです。でもぼくはおつきではないから……与助は……」

「うう、秋芳《あきよし》殿だけでは満足できないのだろうか。私も犠牲になる覚悟をしたほうがいいのか……」

与助のこぶしがわずかに震える。

「耳をさわられるのは……しかし、もし那須さまに迫られたら、きっと私は拒めない……」

私も同感だった。

耳をさわられるなんてとんでもないことで、誰にもさわらせたことなどない。

だがもし、九里がさわりたがったら——私は自分を曲げて、さわらせてしまうだろう。愛らしくねだられたら、きっと拒めない。それで九里が喜ぶなら本望だと思うかもしれない。

三加茂が同調して頷く。

「神々はあの強力な神力で、無自覚にぼくらを誘惑するから困ります」

「やはり無自覚なのだろうか」

「本人はそう主張していますよね。ぼくも、時々本当に無自覚なのかと疑わしくなるときがあります。たとえば、上目遣いに見あげられてほほえまれたりすると。しかし、それもやはり無自覚らしいですけど」

「なぜ彼らはあれほど性的なのだろうな」

「なにしろ兎神は性欲の神。その式神である那須さまも、むろん性欲が尋常ではないのだ。我ら人間とは比較にならぬほど性欲が漲《みなぎ》っているのだろう。もしかしたら神は性欲でできているのやも」

与助がぽんと手を打つ。

巻頭カラー
山本小鉄子
新連載
新連載
ナガ 初登場
★大好評連載陣
日高ショーコ
田倉トヲル
如月弘鷹／九號
秋葉東子
ミズノ内木／木々
テクノサマタ／平喜多ゆや
花田祐実／三崎汐／南野ましろ
和泉桂＋金田正太郎
崎谷はるひ＋鈍ヨウ
★新連載スタート ARUKU
●表紙：日高ショーコ 2号連続!
●ピンナップ：蓮川愛 初登場
なボーイズコミック♥
vol.60
◆奇数月22日発売◆隔月刊
5月22日(木)発売予定!!
本体予価667円＋税
ード応募者全員サービス
小冊子応募者全員サービス
最新情報はこちら▼
[ルチルポータルサイト]
http://rutile-official.jp

特集 酒
新井理恵
イシデ電
白梅ナズナ
新田章
平尾アウリ
ふみふみこ
森ゆきなつ
後編掲載!
山岸凉子
死神《しにがみ》
よみきり32P
[新堂家の事情]
村上真紀
シリーズ連載再開!
[Hobgoblin]
つばな
新連載開始! 深水チロリ
[交番PB《ピービー》]
石川チカ
デコボコ★おまわりさんコメディ♪
表紙&巻頭カラー
それは果たして「死神」なのか——?
[私・空・あなた・私]いくえみ綾／[Under the Rose～春の賛歌～]船戸明里／[11]いがわうみこ／[なめこ文學全集 なめこでわかる名作文学]小嶋まり／[代官山町沖3哩]岡井ハルコ／[悪ノ召使]漫画 猫山宮緒 協力 mothy_悪ノP 特別協力 クリプトン・フューチャー・メディア株式会社／[ナデシコヤマト]新井理恵／[うつゆり]阿部川キネコ／[みみここもも]美川べるの
[わたしは真夜中]糸井のぞ／[祝福の歌姫]桑田乃梨子／[まんがの教室]目野真琴／[ぼくたちダイアリー]原作 七尾すず 作画 山本小鉄子／最終回[柴さん生活]高倉あつこ
きらめき、ほしいまま
[コミックスピカ]
Spica No.32
●書籍扱い
●A5判
●本体価格690円＋税
5月28日(月)ごろ発売!

バーズコミックス ルチルコレクション 2014年5月24日発売
語シスコ
野良犬にさえなれねぇ
幼なじみの保・洋平・蓮、
そして保の義弟・央登。
央登は子供の頃から
洋平に憧れていたが、
洋平は昔、
蓮とただならぬ
関係にあって…？
●B6判
●本体価格630円＋税
葉芝真己
長距離恋愛の孤独 上
葉芝真己
初期BL傑作新装版!!
カバー&短編マンガ
描き下ろし!!
プロアイスホッケー
選手と歯科医師の
大人のラブストーリー。
●B6判●本体価格920円＋税
郊外の全寮制男子校。
リア充・北条が恋したのは
みんなのつまはじき者・柾。
人を寄せ付けない
柾がふと見せた笑顔で
北条の世界は一変し？
ARUKU
ほんとは好きだ
●B6判●本体価格680円＋税
あどけない日々はめぐり
崎谷はるひ
イラスト
蓮川愛
初夏発売予定!!
慈英&臣、照映&未紘、
碧&朱斗、そして3組を
見守る久遠――
崎谷はるひデビュー
15周年記念本!
《一般書籍》●四六判
●本体価格1,800円+税
星栞《ほしおり》
2014年下半期の星占い
著者
石井ゆかり
写真
山口達己
12星座シリーズの石井ゆかりが送る、
2014年下半期のあなたの運勢!
5/29発売
《一般書籍》●A5変型判
●本体価格974円+税
センターカラー
四宮しの
吹山りこ
平眞ミツ
★シリーズ読みきり
雁須磨子
梅太郎
嘉島ちあき
コウキ。
富士山ひょうた
★読みきり
松本ミーコハウス
田中鈴木
佐崎いま 初登場
語シスコ SPショート
キュート&スウィート
W全サ
表紙イラスト図書カ
ルチル文庫創刊9周年記

「おお、そうだ。きっと神は性欲でできているのだ」

「米の食事はおやつのようなもので、本当の主食は陛下や秋芳殿の子種だという話だしな」

「そう考えると、えろーすが溢《あふ》れでてしまうのも無理からぬことではある」

九里も性欲でできているのだろうか。

だとしてもふしぎはないように思える。先ほどの発情した際の、なまめかしさといったら……。

思いだしてムラムラしそうになっていると、佐衛門《さえもん》がひょっこりやってきたので、私たちは姿勢を正した。

「兎神は、どちらへ」

三加茂が答える。

「入浴中です」

「ふむ。ではしばし待とう。おお、十四朗もいるか。九里さまの体調はいかがか」

「問題ないようです。昨日も軽く散歩に行きました」

「かの方もえろーすが大変なものだが、誘惑されて、応じてはおらぬな」

内心を見透かされたようでどきりとした。

表情にはださない訓練が幸いし、私はすました顔ではいと答えた。

「誘惑に負けるでないぞ。失礼のないように、きっちり務めよ」

「はい」

「もし負けそうになったら、秋芳殿を呼ぶのだ。そうしたら、式神も満足するはず」

「はい。つい先ほども、そのようにしました」

答えながら、じくじくと焦げる心を押し殺した。

先輩方は神の誘惑が辛いと話すが、暗さはない。私のように深刻に、辛く苦しい想いを抱えてはいないのだろうか。

私もこれまでは兎神や那須の式神の妖艶さにどきどきしてきた。

けれどもそういう感情と、九里に対する感情はまったく異なっている。身体の中で嵐が巻き起こっているような、激しい感情にのたうってしまう。

神に本気で惚《ほ》れているだなんて、そんなことは誰にも言えなかった。

佐衛門にこの気持ちがばれたら配置換えされるかもしれず、そばに居続けるためには頭を冷やさないといけない。

そうわかっているのに、気持ちはどうしても冷えてくれない。

「佐衛門殿、兎神の入浴が終わったようです」

佐衛門とほかの世話係たちが退室し、私も待機所を出ることにした。

たぶん九里と王弟の交わりは、とうぶん時間がかかるだろう。そのあいだに自分の食事を済ませてしまおうと思い、厨房《ちゅうぼう》へむかった。

厨房は冷えていて、誰もいなかったので、おにぎりを持って自室で食べようと廊下を歩きだしたら、世話係見習いの敏夫《としお》と出会った。

親しくしていて、友人でもある男だ。

「やあ十四朗。お疲れ。休憩か？」

私の手元を見て、敏夫が言う。そういう敏夫もおにぎりを持っていた。

「ああ。おまえもか」

自然と、私の部屋でいっしょに食べることになった。

屋敷で働く者の多くはふたり部屋や三人部屋だが、世話係は勤務形態が不規則なため、狭いながらもひとり部屋を与えられている。

「おまえ、ずいぶん疲れた顔をしてるな」

畳に腰をおろした敏夫が私の顔を見て眉《まゆ》をひそめた。

「そうかな」

「世話係になって、忙しいんだろうな」

「忙しさは、裏方仕事中心だった見習いのときと変わらないかな。理性と忍耐力が試される毎日で、精神的に大変かもしれない」

「理性か。神は魅力的だからなあ」

敏夫が同情の目をむけてくる。

「そういや先輩たちは、世話係になってから交わりをする回数が増えたって言ってたな。うっかり神の誘惑に乗らないように、発散しないと持たないって。十四朗もそうか？」

「いや」

じつは世話係になってから、そういうことをしていなかった。

私も健全な男なので、これまではふつうに交わりをしていた。だが、いまは誰ともしていないし、したくないのだ。

なので誘われてもやんわりと断っている。

性欲は溜《た》まっている。けれども、身体が熱くなると九里の面影を思いだしてしまい、ほかの誰かを抱きたいと思えなくなる。だからこのところはいつも自己処理ですませている。

「いや、って。だいじょうぶなのか？」

あまりだいじょうぶじゃないかもしれないと思う。だが「だいじょうぶ」と言って笑うと、敏夫が眉をひそめた。

「最近、いつした」

「世話係になってからしてない」

「それ、おまえ、病気じゃないのか」

「気分が乗らないだけなんだ」

「神の近くにいるのに性欲が爆発しないなんて、おかしいぞ。理性的にもほどがある。溜まってないのか」

「溜まってないとは言わないが」

私は話を切りあげるようにおにぎりを食べはじめた。

「そういえば十四朗としたことって、なかったな」

ふと視線をあげると、敏夫にじっと見つめられていた。

「そうだな」

「こうして見ると、おまえっていい男だよな」

「ありがとう？　どうした、いきなり」

「冗談じゃなくてさ。いや、前からいい男だったけど、この頃、急に色気が出てきたな。環境が変わると、変わるもんだな」

敏夫がおにぎりを脇に置き、にじりよってきた。

「なんだ」

「溜まってるなら、しないか。というか、俺がしたくなった」

「すまない。悪いが、そういう気分じゃないんだ」

「俺が全部するから。おまえは寝てればいい」

「いや、だけど。そんな時間もないし」

「すぐすませる。それとも俺とはしたくないか」

「おまえとと言うより、誰ともしたくないんだ」

「溜まってるのに？」

溜まっているのにしたくないなんて、自分でも理解しがたい状態なのだから、敏夫が理解できなくて当然だった。

「じつはさっき、兎神と那須さまがいっしょにいるのを見ちゃったんだよ。おひとりだけでも色気がむんむんしてるのに、おふたかたが並ぶと相乗効果がすごくてさ、むらむらが収まらないんだ。ちょっとつきあってくれ」

敏夫に押し倒された。

「ち、ちょっと待て」

着物をまくられ、慌ててとめた。

「いまは正式に休憩時間をもらっているわけじゃないんだ。いつ呼ばれるかわからないから」

「すぐ終わるから」

「ひとりでしたらどうだ」

「そんな味気ないこと言うなよ。上と下、どっちがいい？」

ふたり並ぶ神を見てむらむらしたという敏夫の気持ちはよくわかる。九里が来る前ならば私もどきどきしただろう。

でもいまはどうだろう。

そんな思いに気をとられているうちに、下着をおろされてしまった。

敏夫は気のいい同僚であり友人でもある。きらいな男でもないから、以前だったら、そんなにしたいのだったらまあいいかとつきあっていたかもしれないが、いまは本当にしたくない。

第一、刺激されても反応しないいんじゃないだろうか。

なんと言って断ろうかと焦っているうちに、敏夫に性器を握られた。

「わ、こら」

「勃たないな。ほんとにしたくないんだな」

「だから言ってるじゃないか」

「俺、下がいいんだけどな。勃ってもらわないと、できないな」

敏夫が身をかがめ、口に含もうとする。

と、そのとき、部屋の戸が開いた。

「十四朗、俺だが――」

戸が開くと同時に、聞き慣れた声。

はっと顔をあげると、九里が出入り口に立っていた。

彼の視線が私の局部へ顔を埋《うず》める敏夫に注がれる。敏夫は九里に背をむけており、私は彼に対面している格好だ。だから九里の立ち位置からだとよく見えないだろうが、なにをしているかはわかっただろう。

九里は顔をこわばらせ、すぐさま身をひるがえした。

「ちょ、待っ……」

私は敏夫の身体を押しのけ、急いで下着をあげて、九里を追いかけた。

廊下へ出ると、彼はすでに十間以上も先を駆けている。

「九里さま、お待ちくださいっ、違うんですっ」

追いかけながらその背にむかって言いわけをし、はたと思考が停止する。

違うって、なにが？

とっさに言いわけしなくてはと思ったが、その必要はあるのか。

自分が誰と交わりをしようと九里には関係ないのに。

九里は驚いたか遠慮したかで出ていっただけだろう。

なにを焦っているんだ私は。

動揺しすぎて、己の行動がわからなくなり立ちどまりかける。だが、九里が私に用があって待機室まで来たらしいことを思いだし、速度をあげた。

自分の気持ちより九里のことを優先せねばと思ったら、頭の中が明晰《めいせき》になった。

手が届くまであと一歩というところまで距離を縮める。

「お待ちください。ご用はなんでしょう」

「ついてくるなっ」

「え。し、しかし」

「いいから、戻れっ」

手が届きそうだ。捕まえてしまっていいだろうかと一瞬ためらったときには九里の自室前まで来ていて、彼は部屋へ駆け込むなり私の鼻先で戸をぴしゃりと閉めてしまった。

「いっ」

私はとっさにとまることができず、戸に顔をぶつけてしまった。

「九里さまっ？」

「入ってくるな！」

九里ははっきりした物言いをする方だが、これほどきつく拒絶されたことは初めてで、私は呆然《ぼうぜん》として戸を見つめた。

六

特別なことはせず、じっとうずくまって耐え続けているうちに発情は収まり、身体の熱も落ち着いた。

十四朗は俺がずっと王弟と抱きあっていると思っているのか、戻ってこない。

「うわあああ、もう死にたい……っ」

誘ったことを思いだすと恥ずかしさのあまりじっとしていられなくて、畳にごろごろと転がってしまう。目にも涙が滲《にじ》む。

我慢していればこうして発情は収まったのに、どうして十四朗に助けを求めたりしたんだ俺。ひと晩も経《た》たずに収まるものだと知らなかったし、あのときはあと先考える余裕なんてなかったが、収まってみると、もうちょっと辛抱すればよかったのにと山のような後悔に襲われた。

ありったけの勇気をふり絞ったのに、突き飛ばされて拒まれた。受けた傷は大きい。

しばらくさすらいの旅にでも出たい気分だ。

十四朗と顔をあわせるのは死にたくなるほど恥ずかしかった。正直、とうぶん会いたくない。

けれども俺は、理性を奮い立たせて呼びに行くことにした。

王弟に助けられなくても収まったと言っておきたかった。

王弟と契っているという誤解そのものを解くことはできないが、必要以上に誤解されるのは嫌だ。こういうのはたぶん、時間を置くと報告するきっかけをつかみにくくなる。

十四朗の部屋の場所は、初日に評議所から歩いたときに教わっている。

すこし遠かったが迷わずたどり着き、戸の前に立つと、中から話し声が聞こえた。

「勃たないな。ほんとにしたくないんだな」

「だから言ってるじゃないか」

「俺、下がいいんだけどな。勃ってもらわないと、できないな」

「ちょっ、こら」

戸を叩いたのだが気づいてもらえなかった。会話の雰囲気からしてそれほど遠慮しなくても問題ないかなと思い、戸を開けた。

「十四朗、俺だが――」

すると、狭い室内で重なりあっている男ふたりの姿があった。

十四朗は着物をはだけさせてあおむけに横たわっており、その上に見知らぬ男がまたがり、十四朗の股間《こかん》に顔を埋めている。

ふたりがはっとこちらに顔をむけた。

俺はすぐさま戸を閉め、きびすを返して廊下を走った。

「ちょ、待っ……九里さま、お待ちくださいっ、違うんですっ」

後ろから十四朗の声が追いかけてくる。

「お待ちください。ご用はなんでしょう」

「ついてくるなっ」

「え。し、しかし」

「いいから、戻れっ」

衝撃が強すぎて、自分でもどうして逃げているのかよくわからない。

追いつかれそうになったがすんでのところで逃げきり、部屋へ駆け込むなり十四朗の鼻先で戸をぴしゃりと閉めた。

入られないように戸を押さえる。

「九里さまっ？」

「入ってくるな！」

十四朗はしばらく戸の前に立っていたようだが、やがて去っていく足音がした。

俺は戸に背を預けると、そのままずるずるとしゃがみ込んだ。

両手で顔を覆う。

十四朗が、ほかの男と契っているだなんて。

「……ああ、女子かもしれないんだな」

見た目は男に見えても女子かも知れないのだったと思いだしたが、男だろうが女だろうが、どうでもいいことだった。

十四朗はモテるし、俺も意識してしまうぐらいいい男だ。

それなのにどうしてこれまで、十四朗に相手がいると考えなかったんだろう。

彼にはすでに、契るような相手がいる。その現実に、身が引き裂かれるような痛みを覚えた。

契るような相手、ということはすなわち伴侶《はんりょ》だ。

伴侶がいるなら、相手にされなくて当然だった。それなのに昼間は誘うようなまねをして、ばかみたいだ。

驚きすぎてすぐに戸を閉めてしまったので、相手がどんなだったか、顔もよく見ていない。

ふつうのウサ耳で、体格も平均的だったように思う。

どんな人物かわからないが、十四朗には魅力的な相手なのだろう。

冷静に考えれば、神だかなんだか得体の知れない異種族よりも、同族を伴侶にしたほうがいいに決まっている。

「痛え……」

苦しくて、本当に胸が痛かった。

張り裂けた胸から血が溢れだし、屍《しかばね》になる。

これまでも十四朗に惹かれている自覚はあったが、彼の情事を目撃し、俺ははっきりと気づいてしまった。

俺には十四朗だけだって。契りを交わすなら、十四朗じゃなきゃ嫌だって。

俺は、十四朗が好きだ。

でもそれはかなわぬことだった。十四朗には、すでに相手がいるのだ。

行き場のない想いが胸の中で燻《くすぶ》る。

なにも考えたくなくて、畳に転がり、しばらく放心した。


「お食事はいかがなさいますか」

半刻ほどすると、戸のむこうから十四朗の遠慮がちな声がした。彼からしたら、急にやってきた俺に契りを邪魔されたのだった。

用事があるのだろうと恋人を置いて追いかけたのに、俺はなぜか怒っていて、困惑したに違いない。

「食べる。中へ入ってくれ」

俺は起きあがり、居住まいを正して十四朗を迎え入れた。

夕食を運んできた彼に、俺はできるだけ平静を保って話しかけた。

「さっきは、悪かった。邪魔をした」

箱膳《はこぜん》を俺の前へ置いた十四朗が頭をさげる。

「お見苦しいものをご覧に入れてしまい、失礼しました」

「ああいうのが好みなのか」

考える前に訊いていた。十四朗が「え？」と顔をあげる。

その表情を見て、俺は我に返った。

「立ち入ったことを訊いた。すまん。ちょっと、ひとりにしてくれ」

「かしこまりました」

十四朗が出ていく。

その後ろ姿を見送ったら、無性に悲しくなって、目頭が熱くなった。

哀情はいちど着火すると制御がききにくい。戸が閉まるなり、こらえるひまもなく大粒の涙が頬《ほお》を伝う。

「九里さま、下膳は――」

そのとき、出ていったばかりの十四朗が戸を開けて顔を覗かせた。

互いに目を見開いた。

俺は反射的に顔をそむけたが、泣いていたのはしっかり見られてしまった。しくじった。

「九里さま……、いかがなされました」

十四朗が室内へ入ってこようとするので、俺はきつい声をだした。

「なんでもない。行けよ」

動揺して声が震えてしまった。とてもなんでもないという様子ではなく、これでは心配させてしまうだけだ。しかし泣いた理由なんて絶対に言えない。

「しかし」

「行け」

「泣きたいほど辛いときにひとりでいてはいけません。話しづらいならば理由は言わなくてけっこうですので、おそばにいさせてください」

こいつの優しさが、絶望的に辛かった。そんなことを言われては、よけい悲しくなる。

「じゃあ、秋芳を呼んでくれ」

俺の拒絶に十四朗は一瞬沈黙した。

「私では、力になれませんか」

低く、感情をこらえるような声だった。俺は顔をそむけているので、彼がどんな顔をしているかわからない。

「私では、助けになれませんか」

そんなことを言うぐらいなら、俺が発情したときに助けてくれたらよかったのに。

いまは十四朗の顔を見ていたくない。優しさにふれたくない。

こいつが俺に見せる優しさは、俺が求めている優しさとは違うんだ。

「秋芳を」

重ねて言うと、彼は諦《あきら》めたように息をつき、静かに「かしこまりました」と言って出ていった。

みっともないところを見せちまったな。情けない。

俺の涙も乾き、夕食でも食べようかと思うくらいには気持ちが落ち着いた頃、王弟がやってきた。

「よう。仕事が終わらなくて、すぐに来れなかった。すまんな」

俺のむかいにどっかりとすわる。陽気な笑顔を見せているが、疲労がにじんでいる。

「いや。こっちこそ悪い。特別用事があったわけじゃないんだ」

「どうしたんだ。十四朗が、えらく心配してたが」

「たいしたことじゃない。好きなやつに相手がいると知って、落ち込んでいただけだ」

投げやりな気分で話したら、山賊顔が神妙な面持ちになった。

「……すまん」

「うん？」

「たしかに俺には勇輝《ゆうき》がいる。あんたのことも、いいやつだと思っているが、あんたかあいつかどちらか選べと言われたら、悪いが」

「待て。誰がおまえだと言った」

「違うのか」

王弟がほっとした顔をする。しかしすぐにまた真剣に俺を見つめた。

「じゃあ、勇輝か。それはだめだぞ。あいつはあんたにはやらないっ」

「違うって」

「なんだ。じゃあ誰だよ」

「誰だっていいだろ。落ち込んでるところを十四朗にうっかり見られて、やたらと心配してくるから、安心させるためにおまえを呼んだだけなんだ。もう那須のところへ行ってくれていい」

「ふうん」

王弟がつるっとしたあごを撫でながら、目を細めて俺を眺める。

「その相手ってのは、全然、見込みがないのか」

「さあな。相手がいるってさっき知ったばかりで、詳しいことはわからない」

「あんたに靡《なび》かない人間がいるとは思えない。ちょっと誘惑すれば、誰だってころっと落ちるだろ」

「誰だって、だと？　だがおまえはころっと落ちないんだろ？」

揚げ足をとるつもりで矛盾をついたら、王弟が哀れむような顔をした。

「九里、あんた、やっぱり俺のことが」

「違う違うっ！　冗談だっ」

本当におまえじゃあないんだとなんども言っても王弟は信じてくれず、誤解をとくのに時間がかかってしまった。

最終的にわかってくれたようでよかったが、疲れた。

「……たぶんひと目惚れだったんだ」

会話が途切れたとき、俺は王弟に打ち明けていた。相手の名前は告げず、気持ちだけ。

「こんな気持ちになったのは初めてなんだ。すごく惹かれて、それなのにどうしようもないとわかって、苦しい」

「月の住人か？　それともここに来てからの話か」

「ここに来てからだ」

「じゃあまだ、これからじゃないか」

王弟は笑って言った。

「誰だか知らないが、応援するぞ。積極的に行くといいと思う。ふつうのやつは、神の気持ちが自分にあるなんて、思わないから」

積極的に行ったところで伴侶のいる相手では見込みがないと思ったが、俺は黙って聞いていた。

その日の王弟はいつもよりも長くとどまり、那須との出会いから結ばれるまでを話してきかせてくれた。

「勇輝は最初、男なんか相手にできるかって拒んでたんだぜ。でもどうなるかわからんもんだ。接するうちに、気持ちって変わるんだ」

そうだよな。気持ちって変わるものだ。

俺もここに来てまだ日が浅いが、故郷にいた頃と比べると、心の持ちようがずいぶんと変わっている。

すさんでいた精神が、穏やかになっている。

ちょっと変だけど素朴で優しいウサ耳族たち、とくに十四朗がそばにいてくれるお陰だ。

十四朗への気持ちも穏やかなものに変わる日が、いつか来るのだろうか。


一夜明けると、俺は十四朗にいつもどおりにふるまった。

王弟は人の気持ちは変わるなんて言っていたが、自分自身のことについては、那須を生涯の伴侶と思う気持ちに揺るぎはないとも言う。

十四朗も契りあう相手がいるってことは、生涯を誓った相手で、ふりむいてもらえる可能性は絶望的だ。

諦めるしかない。

諦めよう、そう考えながら、その日の午前中は延々と腹筋背筋を鍛えた。そして午後には素振りをしようと思い、十四朗に木刀をくれと頼んだ。

「木刀ですか？」

「素振りをしたい」

「ケガにさわるのでは」

「だいじょうぶだ。以前は毎日欠かさずしていたんだ。身体がなまってしまう」

十四朗が心配そうに眉をひそめる。

「しかし、身体作りは徐々に慣らしていくものでしょう。急激にやりすぎのように思えます。なぜまた」

「たくましくなれたらいいと思って……俺は小柄だし……身長や骨格は無理だが、せめて、もうすこし近づけたら」

そこまで言って、はっとして言葉をとめた。

俺、なに言ってるんだ？

十四朗の恋人はウサ耳族らしくたくましかった。だから俺もたくましくなったら、すこしは意識してもらえるんじゃないかとか、そんなことを考えたつもりはなかった。諦めるつもりだったんだ。

なのになんで俺ってば体力作りなんてしてるんだ？　もうすこし近づけたらって、どういうことだよ。

おかしいだろ。

顔を赤くして慌てる。

「いや、つまりだな、男なら強くなりたいものだろっ。ただそれだけのことで、べつに、ほかに考えなんか、これっぽっちも……っ。そ、それより木刀を貸せるのか、どうなんだっ」

急《せ》かすように言って、木刀を用意してもらった。

中庭に出て素振りをする。身体を動かしていると十四朗への想いを忘れていられて、長いこと続けていた。

昨夜、なぜ俺が泣いていたのか十四朗は訊こうとしなかったが、物問いたげなまなざしを俺にちらちらと投げかけてきた。

きらわれていないことは、わかる。

俺に対し、親身になりたいと心から思ってくれているのもわかる。

でもそれ以上の一線は、けっして踏み越えない意思を感じる。

緊急事態でもない限り、指一本ふれてこない。

伴侶がいるのだからあたりまえだ。

俺は、十四朗と深い仲になりたかった。

彼の心を捕まえている相手がうらやましくてならない。

だが、この気持ちは蓋《ふた》をしなけりゃいけない。

なぜか血迷って体力作りに走ってしまったが、ほどほどにして、今度こそ諦めよう。

やがて夜になり、寝室へ布団を敷き終えると、十四朗のその日の仕事は終わった。

「おやすみなさいませ」

退室前にすわってお辞儀をする。その姿を見たら、引き留めたくなった。

きっとこのあと、恋人のところへ行くのだろう。

昨日のように、今日も抱きあったりするんだろうか。

考えなければいいのに、そんなことを思ってしまったら、胸が焼け焦げるように苦しくて、泣きたくなった。

「……このあと……のところへ行くのか」

顔をあげた彼に、俺はそんなことを口走っていた。

口にしてしまったあとで、なにを言いだしているのかと後悔した。そうだと肯定されたらいま以上に落ち込むくせに、訊いてどうする。

「はい？　申しわけありませんが、いまいちどお願いします」

ぼそぼそとしたちいさな声だったので、幸いにもよく聞きとれなかったようだ。

俺は目を伏せ、眉間《みけん》にしわを寄せて首をふった。

「いや……なんでもない」

「なにかおっしゃりたいことがあったのでは」

「ひとり言だ」

十四朗はじっと俺を見つめてきたが、俺が話そうとしないのを見てとり、諦めたように立ちあがった。

「では、失礼します」

行ってしまうのか。でも俺は諦めないと。諦め——。

戸のほうへ十四朗が半身をむけたとき、俺は一瞬記憶を飛ばしていた。

「……九里、さま……？」

驚きの入り交じった、かすれた声。

その声を聞いてはっと我に返ると、俺は十四朗の背中に抱きついていた。

えええええっ⁉

俺、なにやってるんだ？

諦めようと思ったのに、どうして引き留めるようなまねをしてるんだ！

こんなこと、するつもりじゃなかったのに、無意識に抱きつくなんて！

動転したあまり、俺は離れるどころか彼の着物をぎゅっとつかんで、ますますしっかりと抱きついてしまった。

なんだこれ、どうしちゃったんだよ俺、支離滅裂だ！

「なにか……ご用が？」

十四朗の身体は緊張したようにこわばっている。

密着した背中越しに、彼の心臓の鼓動が伝わってきた。意外と、と言うか、ものすごい早さで打っている。

急激に身体の熱があがっているように感じるのは気のせいだろうか。それとも俺が熱いだけだろうか。

「ええと……もしや、葱の香りをかいだのですか」

身体は熱いのに、尋ねる声はそんなことを感じさせないほど穏やかだ。

葱なんかのせいじゃない。

自分でもよくわからないんだ。

もちろん十四朗が好きだからだが、こんなふしだらなまねをするつもりはなく、ちゃんと諦めるつもりだったんだ。

好きだと言ってしまいたい気持ちはあるが、伴侶がいる相手にそんなことを言うつもりはないし、誘惑する気もない。

ああ、なのにどうして離れることができないんだよ俺の身体！

「九里さま、いったい……」

十四朗は困ったように固まり、こぶしを握っている。

腕が震えるほどこぶしをきつく握りしめ、しかしけっして俺を抱こうとはしない。

ああもう、俺ってば、こいつを困らせるなよ。

まもなく意思の力でどうにか腕をもぎ離すことに成功し、男の背中から離れた。

「わ、悪かった、急に変なことして。早く恋人のところへ行きたいよな」

「恋人？」

「行くんだろ」

「恋人などおりませんが」

あっさりした返事に、俺はぽかんとした。

一歩離れ、顔を見あげた。

「昨日のは？」

「昨日の？」

「ほら、おまえの部屋にいた……」

十四朗はふしぎそうな顔で見おろしてくる。

「べつに彼とは、恋人というような間柄ではありません」

「へ……、だけど、昨日、その……してた、よな。その、せ、せ……性的な、行為というか、その」

言いにくくて、徐々に口ごもってしまう。こんな話題を口にしたことは初めてだ。しかも相手は好きな人なのだから、恥ずかしくて顔が赤くなってしまう。

十四朗はなにを恥ずかしがっているのかとふしぎそうに俺を見る。

「交わりをしていたから、恋人だと誤解されたのですか？」

「誤解だと？　でも、してただろう？」

「特別な相手でなくとも、交わりはするものでしょう」

あたりまえでしょうと言わんばかりに、十四朗は悪びれずに言う。

「は？」

「はい？」

「特別な相手じゃなかったら、誰とするんだ」

「友人ですとか、なにかしら気に入った相手ですとか」

俺は耳にしたことが信じられず、目と口をぽかんと開いた。

それから突如として怒りを覚えた。

「おまえ……そんな軽い男だったのか」

赤かったはずの俺の顔から血の気《け》が引く。

「恋人でもないのにするなんて、最低だ！」

なんてはれんちなんだ！

激しい嫌悪を覚え、十四朗から一歩さがった。

「軽蔑《けいべつ》する。不道徳だ。そういうことは生涯の伴侶じゃないとしないものだ」

切りつけるような鋭い口調で罵《のの》り、キッと睨《にら》みつける。

「好きじゃないなら、するな」

俺の怒りに衝撃を受けたようで、十四朗は愕然《がくぜん》としていた。

「……軽、蔑……？」

「ああ。俺はおまえを、軽蔑する。汚らわしいと思う」

十四朗は言葉を失っている。

「もういい。行け」

突き放すように言って俺のほうから背をむけた。

ふらふらと十四朗が退室すると、俺はため息をついてすわり込んだ。十四朗がそんな軟派でふしだらな男だったとは知らなかった。

あの軟派そうな王弟だって契る相手は那須ひとりと決めているっていうのに、まさか誠実そうな十四朗が。

「そんなやつだったなんて……」

あの様子じゃ、誰とでも抱きあっていそうじゃないか。

初日に俺の服を脱がせたことも、なんとも思ってなさそうじゃないか。

俺は裸を見られて、初夜も同然なぐらい恥ずかしく感じたのに。

ふしだらな男に惹かれてしまった自分が悔しい。

「最低だっ！」

裏切られたような気分で、罵って畳を転がったら、骨折した翼が痛んでぎゃっと叫んだ。

怒りはいつまでも収まらず、夜も悶々《もんもん》としてしまって寝つけなかった。

しかし翌朝になる頃には、怒りすぎたかな、といささか反省した。

十四朗は俺の世話をしてくれるけど、部下ではない。それなのに自分の価値観を押しつけて、するな、などと頭ごなしに命令口調で言ってしまった。

十四朗への失望は変わらないし、不道徳なやつだと思うけど、自分の態度もよくなかったよな。

十四朗と顔をあわせたらなんて言おうか。針金をいじりながら考えるが、考えがまとまらないうちに十四朗が部屋へやってきた。

「九里さま。お話が」

彼はいつもはじめに布団を片付けるために寝室へ行くのだが、今日はその前に居間にいる俺の前まで来ると、背筋を伸ばして正座した。

「なんだ」

俺をまっすぐに見つめる瞳《ひとみ》は思いつめたような光を宿しており、赤かった。虹彩《こうさい》の縁だけでなく、白目の部分まで赤い。

あまり眠れなかったのだろうか。

「昨日、九里さまに軽蔑すると言い渡され、自分なりに考えたのですが」

そう話を切りだされ、俺も姿勢を正してむきあった。

十四朗がきっぱりと告げる。

「私は、九里さまの教えのとおり、今後、交わりをするのをやめようと思います」

俺は目を丸くした。

「え……」

「あなたがここへ来てから、そのようなことはしておりませんし、昨日もするつもりはなかったのですが、改めて、決意いたしました」

まさか十四朗がそんな結論をだすとは思っておらず、びっくりしてしまった。

十四朗はいつもの微笑を見せず、とても真摯《しんし》に決意を語る。

「神々はひとりの相手としか交わらぬようですが、人間は、多くの相手と気軽に交わります。

しかし私は神主見習いです。聖職者をめざす身でありながら、その神の教えに背くことはできません」

うん？

その言葉に引っかかるところがあって、ちょっと待てと口を挟んだ。

「人間はって、この国では、不特定多数とするものなのか？　おまえだけが軟派なやつってことじゃなく？」

「はい。陛下と秋芳殿は神の相手なので例外ですが、ほかの者は昨日私がお話ししたように、誰とでもします」

「……なんだって」

俺はさらに驚愕し、息を呑《の》んだ。

知らなかった。

性に関することは王弟と多少話したが、俺が神という特殊な前提での話だったし、王弟自身は那須しか相手にしないやつだ。ほかの一般的なウサ耳族の性生活なんて、話題にならなかったし。

「おまえたちの貞操観念って、そんなゆるゆるなのか……？」

俺たち鳥族とはまるで違うぞ。

驚いていると、十四朗がウサ耳族の恐るべき生態を説明してくれた。

なんでもウサ耳族は、食欲や睡眠欲よりも性欲のほうがはるかに勝るそうで、我慢できるものではないのだとか。俺たちぐらいの年齢ならばひまさえあればいちどに二十回ぐらいはふつうで、八十過ぎの老人だって毎日するのだとか。

とんでもなく性欲の強い人種だ。信じられん。

乱交なんて認められないが、それが常識という環境で育ったのならば、十四朗がそうなったのもしかたがないことなのか……。

俺は毒気を抜かれてあんぐりと口を開いた。

「王と秋芳は例外ってことだったたな。神の相手に選ばれると、ほかとしなくなるのか？

……た、たとえば、おまえも？」

「私は選ばれずとも、もうほかの誰とも交わることはありません」

「でもおまえ、そんな人種なのに、本気で今後、交わりをしないつもりなのか」

「はい」

意思は固そうだった。

「そうか。いや、だけどそこまで潔癖じゃなくても。昨日は俺も強く言いすぎた。不特定多数の相手とするのは感心しないが、生涯の伴侶と思えるような大事な相手とならしてもいいと思うし、するべきじゃないかと思う」

「そうですね。本当に好きな相手と結ばれることがあるのなら」

十四朗はそれだけ報告すると一礼して立ちあがり、世話係の仕事をはじめた。

俺はその背をぼんやりと見送り、それから手元の針金へ目を落とし、いまの十四朗の発言を頭の中で反芻《はんすう》した。

もう不特定多数とするつもりはないという。それならば、問題はない。これまでどれほど多くの相手としてきたのかと想像すると嫉妬で胃がよじれそうになるが、過去のことだ。忘れよう。

ウサ耳族の性癖や風習を知ったら、十四朗に対する失望や怒りは収まっていた。

反対に、そんな文化があるというのに、俺のひと言で素直に自身を省みて決意してしまう、その潔さに惚れ直してしまった。

それから怒りですっかり忘れていたが、頭が冷えたら、十四朗に恋人はいないという事実を思いだした。

「好きな相手と結ばれることがあるのなら」という彼の言葉から、今後恋愛するつもりがないというわけでもなさそうだ。

ということはつまり、俺を好きになってくれる可能性もあるんだよな……。

十四朗はもう、不特定多数と抱きあったりしない。好きな人ができたら、その人だけを伴侶とするってことだ。

そう気づいたら、希望で目の前が明るくなり、にわかに胸がどきどきしだした。

さっきまで怒っていたくせに、なんだよ俺のこの変わり身の早さは。相手にされないことはすでにわかっているのに、期待してしまう浅ましさといい、俺のほうこそ軟派だ。

でも、あいつが好きだと気づいてしまったのだから、しかたがないじゃないか。

いろいろ誤解だったとわかったのだから、いつまでも怒っている必要はない。

人の気持ちは変わるんだ。十四朗の俺を見る目も、なにかきっかけがあれば変わるかもしれない。

王弟が、俺が誘えば誰でも落ちると言っていたことを思いだす。

本気で誘えば、十四朗もその気になってくれるだろうか。

さわろうともしない相手を本気で誘うって……どうやって？

で、できるか……？

十四朗の心をつかむことができるか自信がなく、弱気になりかけたが、俺は強く首をふって弱気な心を追い払った。

できるかじゃない。やるんだ。

十四朗の心を誰かにとられる前につかみとってやると、俺は決意した。

入浴中、俺は実行に移すことにした。

「十四朗、いるか」

浴室からあがり、腰に手拭《てぬぐ》いを巻いて脱衣所の椅子にすわると、廊下で待機しているはずの十四朗を呼んだ。

胸がどきどきする。

俺はいまから、とんでもなく大胆な誘惑をするつもりなのだ。

うまく誘惑できるだろうか。

恥ずかしいけど、がんばるぞ。

「はい、ここにおります」

「中に入ってきてくれ」

「え……」

戸のむこうからうろたえたような声が聞こえたが、

「手伝ってほしいんだ」

と頼むと、戸がそろりと開いた。

俺は入り口に背をむけてすわっている。

十四朗の足音が近づいてくるに従って、胸の鼓動が激しくなってきた。身体が震えそうだ。

我ながらものすごく大胆なことをしていると思う。背をむけているとはいえ、自ら裸をさらしているのだ。身につけているのは腰に巻いた手拭いのみ。

こんなことをするのはきっと、娼婦《しょうふ》だとか遊女ぐらいのはずだ。鳥族にはそういう人はいなかったからよく知らないけど。

十四朗をふしだらだと罵ったが、俺のほうこそふしだらかもしれない。もしかしたら淫乱《いんらん》と非難されてしまうかも。

十四朗が背後まで来た。

「なにをお手伝いいなさいますか」

「翼の湯を拭《ふ》いてくれないか」

恥ずかしさと決意が拮抗《きっこう》し、声がひっくり返りそうだったが、伊達《だて》に一族の上に立っていたわけではない。腹に力を込めて、何気ない調子を保つと、肩越しに手拭いを差しだした。

「素振りをがんばりすぎたようだ。腕を背に持っていこうとすると、すこし痛む。それから髪も、拭いてくれるんだったよな」

髪はざっと水気を切っただけでひとまとめにしてある。

髪の先と、羽根の先から、湯の滴が床へ落ちる。

「十四朗?」

視線は感じるが返事がないので、ふり返ろうとしたら、十四朗が慌てたように身じろぎし、手拭いを受けとった。

「かしこまりました」

丁寧に翼を拭かれる。

うおお、やってやったぞ俺……！

発情したときみたいに、拒まれなかった……！

布越しとはいえ、さわってもらえてる……！

「痛みませんか」

「平気だ」

拭く力はくすぐったいほど優しい。

「治ったら、どのくらい飛べるのですか」

飛ぶ？

鳥でもないのに、飛べるわけがないだろう。

「翼があるからって、飛べるわけじゃない。せいぜい、助走に勢いをつけるぐらいの効果しかない。木の高いところになっている果物をとれるとか、橋のない川を飛び越えられるとか、そんなものだ」

「そうなのですか。てっきり、鳥のように空高く飛べるのかと思っておりました」

「この身体に、この翼の大きさだぞ。無理に決まっているだろう」

あたりまえじゃないかと思い、その直後にふと気づく。

そんなたいして役にも立たない翼をアイデンティティのよりどころとしているなんて、滑《こっ》稽《けい》じゃないか？

十四朗に訊かれた、いまのいままで気づかなかった。俺の国では当然のことで誰も疑わないことだったから。

そんな話をしているうちに翼を拭き終わり、髪に移る。

髪も丁寧に拭いてもらい、そのあいだじゅう俺はずっとどきどきしていた。

だが、十四朗は拭き終わると、

「拭き終わりました。廊下で待機しております」

と事務的に言って、そそくさと出ていこうとする。

あれ？

俺としては捨て身の誘惑のつもりだったんだが、まったく効果なしだったのか？

こんなことをしても、やっぱり俺じゃだめなのか。

「ありがとう」

がっかりしてふり返ると、十四朗は俺に背をむけ、やや前屈みの姿勢で固まっていた。なぜか口元と股間を押さえている。

「十四朗。どうした」

気分が悪いのだろうか。

俺は心配して立ちあがり、顔色を見るために彼の正面へまわった。

彼がぎょっと目を見開く。その視線は焦ったように俺の顔から胸元へと流れ、そこで固定した。

「おい、いったい――」

俺は彼の腕へ手を伸ばした。

「さわらないでください！」

その手を十四朗に払われた。

「あ、し、失礼しました！」

やっぱり、さわられるのは嫌なのか。

俺は傷つき、目を伏せた。

「申しわけありません。いまのは偶然ぶつかってしまっただけで」

焦った言いわけを耳にしながら視線をさげ、目についた彼の手を思いきって握った。

「九里さまっ⁉」

股間の辺りにあった彼の手は、中になにかを握りしめているように丸まっている。

彼のもう一方の手が、俺の手を引きはがそうとして重ねてくる。俺はそれを拒もうと、さらにその上から自分の手を重ねて押さえ込んだ。

「なんだよ……俺にさわられるのは、そんなに嫌か」

「いえ、そうではなくっ」

「おまえは、俺にさわりたいとは思わないか……？」

俺は必死に言い募る。十四朗も必死に俺の手を引きはがそうとしてくる。

そんなに俺にさわられるのが嫌なのかと泣きそうになりながらも、なかば意地になって握り続けた。

「お願いですから手をお離しくださいっ」

「いま、偶然ぶつかっただけだって言ったじゃないか。どうしてそんなに嫌がる。それより具合が悪そうだが、だいじょうぶか」

「だ、だいじょうぶですので、あの、そんなに力を込めて押さえつけられますと、中のものが刺激されて、いや、その」

「中のもの？」

十四朗の手のひらは、たしかになにかを包み隠している感じだ。

男の股間と言ったら当然アレがある場所だけど、見た感じ、アレにしては膨らみが大きすぎる。興奮して膨張したとしたって、これほど巨大にはならないはずだ。

すくなくとも俺のはこんなにはならない。

だからきっとべつのものが入っているんだろうけれど、いったいなにを隠してるんだ。

「本当にだいじょうぶか？　なにか隠してないか」

「隠してなどおりませんっ」

「これが具合が悪い原因なのか」

隠されるとよけい心配になる。手の中のものを見ようと、俺はぎゅうぎゅうと力を加えた。

「あ、あっ！　だめです！　そんなに刺激されてはいけませんっ」

十四朗は耐えかねたように叫ぶと、いきなり鼻血を噴きだした。

「え」

俺はびっくりして手を離した。

「し、失礼しますっ」

その隙《すき》をついた十四朗は素早く身をひるがえし、逃げるように脱衣所から出ていった。

「……だめか」

はあ、と大きくため息をつき、落胆する。

「秋芳、いい加減なこと言いやがって」

俺に誘惑されたら誰でも落ちるんじゃなかったのかよ。くそ。

それにしても鼻血なんかだして、本当に具合が悪かったんだな。だいじょうぶかな。

心配しながら身支度をして、足元に置いてあった風呂桶《ふろおけ》をとりあげる。

その中に、使用したカミソリが入っていることに気づいた。

「……まさか」

ウサ耳族はカミソリで興奮するのだった。

もしかして、鼻血の原因はこれだったのか？

攻防しているときに、これが視界に入ったとか？

街で流血騒ぎになったとき、十四朗は鼻血をだしていなかったが、なにも感じないわけじゃないようなことは言っていたし、そうかもしれない。

だとしたら、これを使えば十四朗も誘惑されてくれるだろうか。

よし。次はこれでいくぞ。

七

駆け足で自室へ飛び込み、畳へ転がる。

心臓がばくばくしている。口で呼吸しても酸素が足りない。

壮絶な色気に、頭がどうにかなりそうだった。

あれを拒めた自分は、すでにどこかおかしいのかもしれない。

さわりたいと思わないか、なんて。

「さわりたいに決まってるじゃないか……っ」

九里に軽蔑されたくなくて交わりを断つと宣言したが、欲望が消失したわけではない。

許されるなら九里を抱きたいと思う。自分だけのものにしたい。

めちゃくちゃに抱いて、自分の印を刻みつけ、自分以外のなにも見られなくしてしまいたい。

王弟にもさわらせたくない。誰とも交わってほしくない。

のどから手が出るほど彼がほしい。

けれども世話係で神主見習いでもある自分には九里を抱く権利はないし、そもそも相手にされるはずがない。

九里のそばにいたいと思う。九里の世話係からはずされたくない。

そのためには誘惑に乗ってはいけないし、欲情したことを悟られてはいけないのだと思う。

そう思って感情を殺して、必死にふるまっていたのに。

いまのはなんだ。

彼はどういうつもりであんなことを尋ねたのだろう。

私のものが勃起していたことには気づいたはずだ。それでも手を離そうとせず、淫《みだ》らに刺激を加えてきた。ということは、明確な意思を持って誘っていたのか。

彼は複数と交わる者は軽蔑すると主張している。そして王弟と交わっていて、それ以外の者と交わるつもりはないはずだ。それなのに自分などを誘うだろうか。

それとも私の気持ちに気づいて、からかったのだろうか。

人をからかうような方だとは思えないが、私を軽蔑するとまで言った直後に誘うのもおかしい。

彼の気持ちがわからない。

私は自室へ駆け込むと、自慰をし、ひと息ついた。

改めて九里の行動理由を考えるが、やはりよくわからなかった。

遊びやからかいならば、やめてほしい。

私は真剣に想っているのだ。苦しめないでほしい。

「戻らなきゃな」

いつまでも休憩してはいられない。仕事に戻らないと。

ため息をついて浴室へ行くと、九里はひとりで戻ったらしい。彼の部屋へ行こうとしたら、戸口の前で王弟と出会った。

「十四朗。式神はいるか」

ほがらかな様子が私の胸を引っ掻《か》いた。

いると答えたら当然部屋へ入り、彼を抱くのだろう。どんなふうにあの身体を抱いているのかと思うと激しい嫉妬に覆われ、つい、睨むような目つきになった。

王弟が首をかしげた。

「どうした」

私は取り繕うのを放棄し、ささくれだった気持ちを吐きだした。

「秋芳殿は、九里さまを満足させていらっしゃるのでしょうか」

王弟が目をぱちくりさせた。

「どうした、いきなり」

「九里さまは、満足されていないように思われるのです」

私をからかったり誘ったりするというのは、つまり欲求不満なのではないかと思った。

王弟が那須の式神に夢中なのは公然のことであり、それと比べると王弟の九里への態度はあっさりしている。

「私は九里さまの世話係です。世話をする者として、九里さまがないがしろにされていないか、心配なのです」

「ないがしろには、していないぞ」

きっぱりとした口調は、信頼できるものだった。

王弟の人柄は知っている。誠実な男だ。

私は己の醜い嫉妬心を抑え込み、一礼した。

「よけいな口をききました」

王弟は黙り、考えるようにあごをさすっていた。

王弟が訪問するなら私は邪魔だろうと思い、九里の部屋へは寄らずに待機室へむかった。

待機室には世話係がふたりおり、私が入った直後、先輩の三平太もやってきて、開口一番にこう言った。

「小太郎《こたろう》が解任された」

小太郎というのは兎神の世話係で、一番の古参だ。私も一同も驚いた。

「ええっ。どうして」

「どうも兎神を押し倒してしまったらしい。それをたまたまやってきた陛下に目撃されて」

「ああ……」

ため息のような、なんとも微妙な吐息がそれぞれの口からこぼれた。

緊張をはらんでいた空気がいっきに緩み、やるせないものに変わる。

「詳しくは知らないんだが、問い詰めたら、以前にも押し倒したことがあったらしい。すぐに我に返って、それ以上のことはしなかったらしいが」

三平太が説明しながら床にあぐらをかく。となりの与平が腕を組んで尋ねた。

「それで、小太郎はどうなる」

「今回が初めてならば、役場内のほかの仕事に異動ですんだだろうが、初めてじゃなかったからな。まだ正式決定は出てないが、田舎に返されるんじゃないか」

「そうか」

「過去にもされていたのに兎神が黙っていたことも、陛下の怒りの火に油を注いでいて」

それぞれ思うところがあるようで、しんと静まり返った。

「他人事じゃないよな……」

与平がぽつりと言い、一同が同調する。

「兎神はいつものごとく、誘ってないとおっしゃってるんだろう？」

「兎神といい式神といい、あの無自覚無意識の誘惑、なんとかならんもんかな」

「本当に。今日の小太郎は明日の我が身だ」

「無邪気に微笑《ほほえ》まれたら、誰だって押し倒したくなる」

先輩たちの会話を聞き、そうだったと気づいた。

無意識無自覚の誘惑。神にはそれがあったのだ。

九里の先ほどの行為も、無自覚だったのだろうか……。

「兎神はまだいい。最近は多少、自覚するようになっただろう。那須さまなど、腰まわりだけ隠せばいいと思っているようで、私の前で平気で着物を脱いだりする。勘弁してほしい」

「与平、それでよく正気を保っていられるな」

「そりゃ、誘惑に負けたが最後、耳をつかまれるとわかっているからな。こちらも必死だ」

「十四朗、おまえはだいじょうぶか」

話をふられ、私は脱衣所での出来事を口にした。

「風呂あがりに翼を拭いてほしいと頼まれました。上半身は裸のままで」

「やはり九里さまも式神だな。那須さまといっしょだ。彼らはそれが我らを誘惑しているとわかっていらっしゃらないのだ」

「そうなのでしょうか」

「誘われていると思って押し倒したりしたら、小太郎の二の舞だぞ。気をつけろよ」

風呂あがりのあれは無自覚ではなかったと思うのだが、それは私の願望が作りあげた錯覚だったのだろうか。

あまりの色気に幻惑されて、勝手に性的な方向へ考えてしまったが、もしかしたら友だちとじゃれあうような感覚で私にさわってきたとか？

そんな雰囲気でもなかったように思うのだが、経験豊富な先輩たちに言われると、自分の感覚に自信がなくなる。

「自分だけを誘惑しているのではなく、誰にでも、そうなのですね」

「そう。我々は誘惑と思ってしまうが、神たちは誘惑しているつもりもないのだ。すべてえろーすのなせるわざだ」

「もっと交わりの回数を増やしていただければ、えろーすも収まるだろうがなあ」

「しかし神々も陛下も多忙であられるし」

皆の会話が続く。私はそれを耳にしつつ、冷静になっていった。

自分だけが特別ではないのだ。

あの方は、誰でも無自覚に誘惑しているのだ。あの場にいたのが私でなかったとしても、おなじようにふるまったのだろう。

自嘲《じちょう》したくなっていると、そこへ佐衛門がやってきた。

「おまえたち、陛下からお達しであるぞ」

それぞれに、細い金属で編んだ鎖帷子《くさりかたびら》のようなものを渡された。

「なんです、これは」

「貞操帯だ」

広げてみると、下着型をしている。

「世話係は勤務中にはこれを装着することを義務づけるということだ」

「…………」

「万が一、神の誘惑に負けて押し倒しても、これをつけていればそれ以上のことはできないからな。これは我々を守る防具でもあるのだ」

鍵は待機室に置いていくとのことだった。抑止力になればということなので、厳密な管理はしないようだ。

「さ。すぐに穿《は》き替えよ。わしはすでに穿いておるぞ」

佐衛門が率先して穿いているのに、私たちが穿かないわけにはいかなかった。みんな複雑そうな面持ちをしてもそもそと穿き替える。

私もそれに倣った。

どうせ自分は、これから誰かと交わることは一生ないのだ。九里以外の誰ともしたいと思わなくなってしまったし、その九里は自分などを本気で相手にするはずがないということも、先輩たちの話を聞いてよくわかった。もし誘ってきたように思えても、それは本気じゃないか、無自覚なのだ。

だったらこれをしていてもかまわないし、むしろ、先ほどのような場面に遭遇しても、勃起したとばれることがなくて好都合だ。

やや投げやりな気分で装着し、ふたたび仕事へむかった。

八

その夜やってきた王弟が、難しそうな顔をして言った。

「俺たちがちゃんと交わってるか、十四朗に疑われてる」

「どういうことだ」

「あんたをないがしろにするなとか、満足させろと言われた」

俺は眉をひそめた。

交わりをしないと災いがもたらされるというこの国の言い伝えが思いだされた。

交わりをしていないとばれたら、自分の身はともかく、王弟に迷惑がかかる。それは申しわけなく、避けたいところだ。

「なんでそんなこと……」

「そりゃ、なあ。あんたもなかなかエロいから、あいつも大変なんだろう」

王弟がなんとも言えない表情をした。

「世話係たちも神の魅力に苦労してるんだよ。じつは兎神の世話係のひとりが、兎神の誘惑に負けて抱きついちまって、解雇されたんだ。んで、王が、世話係全員に貞操帯を義務づけたんだ」

貞操帯……？

王はいったいなにを考えてるんだ。

「平和な国だな……」

「とにかくだな。今夜はいつも以上に細工をするぞ」

「なにをするんだ」

「あんたの肌に痕《あと》をつけるから、明日の朝、さりげなく十四朗に見せるんだ」

「はあっ？」

王弟に抱き寄せられ、俺は腕を突っ張った。

「肌に痕って、な、な、なにをするんだっ」

「落ち着け。ちょっと首の辺りを吸うだけだ」

吸うだと？

「唇をつけるのか？」

「そうだ」

王弟の顔が近づく。

「嫌だっ、やめろ！」

「交わるわけじゃないんだって」

「嫌だっ！」

好きでもない男に肌を許すわけにはいかない。

冗談ではないと必死で抗《あらが》った。両手でぶ厚い胸を押し、足で蹴りあげる。

暴れて逃げようとしたが、翼の痛みに気をとられた隙に両腕を拘束される。

「そこまで嫌がることないだろーが。俺だってしたくてするんじゃない。交わってないことがばれたら、あんたが困るんだぞ。俺もどんな罰を言いつけられるかわかんねえし」

「そんなことはわかってる。それでも嫌なものは嫌なんだっ」

押さえつけられ、強引に首筋に口をつけられる。

男の息が吹きかかり、肌を吸われる感触。のどよりも左側の辺りに軽い痛みを感じ、身体を解放された。

「こんなの……」

俺はあまりのことに泣いてしまった。

王弟が俺のためにやってくれたのはわかっているが、それでも嫌だったんだ。

見たくもないのに王弟が手鏡を持ってきて、俺に見せる。

「ほら、ここだ。わざと見せようとしなくても、自然に見える位置にした」

吸われた痕はしっかりとついていて、気持ちが沈んだ。

これを十四朗に見せるのは、もっと嫌だった。

ウサ耳族にとってはたいしたことじゃないのかもしれないが、俺からしたら堕落の烙印《らくいん》のようだった。

なんでこんなまねまでしなきゃならないんだ。

納得できないが、ここはそういうところで、そして痕をつけられてしまったあとでは、いくら文句を言おうと消すことはできない。

これを十四朗に見せなければいけないんだろうが、見つからないようにと願い、いつもは結わえている髪をおろして、翌朝、十四朗と顔をあわせた。

首に痕はついてるし、昨日は裸で誘惑したつもりなのに失敗したしで一日中避け通したかった。が、今日こそ一発逆転を狙っているので、恥ずかしさを押し殺して十四朗を呼んだ。

「頼みがあるんだが」

彼が仕事にとりかかる前に、物入れからカミソリをとりだす。

「髭《ひげ》を剃《そ》ってくれないか」

寝室へむかおうとしていた十四朗の目の前に、カミソリをずいと差しだした。

「九里さまっ？」

驚く彼に、俺はカミソリを持って迫る。

ここの人たちは髭剃りに欲情するそうだが、俺はなんとも感じない。裸で翼を拭いてくれと頼んだのは猛烈に恥ずかしかったが、これは恥ずかしくないので積極的になれた。

「剃ってほしいと頼んでるんだが」

「それは無理です」

「無理じゃない。簡単だ。知らないなら教えてやる」

「なぜこんなことをなさるのです」

彼が苦しそうな顔をした。

「髭剃りで興奮するのだとお話ししたことを、お忘れですか」

忘れていないからこうして誘っているんだ。

「やっぱり、風呂場で興奮してたのって、これのせいか」

「どうか、しまってください」

十四朗の目が冷ややかになる。

「神は無自覚に、誰でも誘惑するのだと聞いております。神の特性で仕方がないのかも知れませんが、すこし自覚していただけますと助かります」

本気で嫌がられている。

落ち込んで視線がさがる。しかしこちらも本気で誘っているのだ。勇気をだして、ちいさな声で主張する。

「……無自覚じゃ、ない」

「でしたら、私をからかっているのですか。それこそやめていただきたい」

「そういうつもりじゃない」

十四朗の股間へ視線を落とすと、膨らんでいなかった。

昨日の膨らみは、なにかを隠していたんじゃなくて、カミソリに勃起したってことだったんだろうかとあとになって思ったんだが、違っただろうか。

「昨日、脱衣所で鼻血をだしたよな。あれって具合が悪かったんじゃなくて、興奮してたんじゃないのか……」

言っているうちに急に恥ずかしくなってきて口ごもった。

俺、なにやってんだろうな。

俺が相手じゃカミソリで誘われたって欲情しないと、言葉にされなくても示されているというのに。

こんな誘い方をしている自分に虫ずが走る。髭剃りに頼ったりして、ばかだ。しかもそれでも相手をその気にさせられない。

「……どうすれば、俺に欲情する?」

つい呟《つぶや》いたら、十四朗が苦痛を耐えるような顔をした。

「私を欲情させたいのですか」

不快そうな口調に聞こえた。

軽蔑に値する行為をしていると言われたような気がして、本気で恥ずかしくなって、顔が赤らむ。

「違う。その、秋芳が。秋芳を欲情させたいんだ。彼は、俺にはあまり欲情しないみたいだから、どうしたらいいか考えていて。訊いてみただけだ」

自尊心がでしゃばり、下手な言いわけをした。

誘惑に失敗したあとでは、正直に言えない。

十四朗がますます不快そうに顔をしかめた。

「そういうことでしたら、本人に直接試されたほうがよろしいのでは」

「……そうだな」

俺はしょげて、カミソリを持つ手をおろした。それからふと顔をあげると、彼の視線が俺の首に釘づけになってた。

髪のあいだから痕が見えているのだろう。いたたまれなくて俺は手でそこを隠した。

「あの……これはだな。秋芳が」

こんな言いわけをするのは見苦しい。しかし言わずにはいられなかった。

「そうでしょうね」

恐ろしく暗い声。

「おまえ、俺をないがしろにするなと、彼に言ったんだって？　ちゃんと大事にしてると証明をつけておくって……そんな必要はないと俺は拒んだんだが、疑われるのは困るからって……」

十四朗が俺から目をもぎ離し、寝室へむかう。

そこには乱れた布団が敷いてある。いつも以上に派手に汚し、昨夜は激しい情事だったと思われるよう細工してある。

十四朗はこぶしを握りしめて、それを見つめた。

「九里さま。あなたは抱きあう相手はひとりだけとおっしゃいました」

彼の背中は、こらえるように震えていた。

「なのに秋芳殿は許すのですか。彼はあなただけでなく、那須さまとも交わっているのに」

声には怒りが滲んでいた。

たしかに、俺と王弟が抱きあっていると思っている十四朗からしたら、俺の言動は矛盾している。

自分のことは棚上げしておきながら他人のことには偉そうに口だしするなんて、十四朗が怒って当然だ。

俺は気まずく言葉を選んだ。

「……それがここの決まりだと聞いている。この国の風習を否定するつもりはない」

「私を軽蔑するとおっしゃった」

「このあいだは非難して悪かった。つい、カッとして……。俺の国では、そういうことに対して厳格なんだ。好きな相手とするものだと信じてきたから」

十四朗がふり返る。無表情なのに、瞳はやりきれないような苦渋で満ちていた。

「神は、好きな相手としか、しないのでしたね」

「俺は、好きな相手以外とはできない。そんなことになったら、舌をかみ切って死んだほうがましだと思う」

衝撃を受けたように、彼の目が見開かれる。

「死んだほうが、まし……ですか」

「ああ」

「それほど、秋芳殿のことが」

そうじゃない。

俺が好きなのはおまえだと言ってしまいたかった。

どうしよう。言ってしまおうか。

そうだ。十四朗に恋人はいないのだし、告白するにはいまが絶好の機会じゃないか。

言いたい。本当は王弟と契っていないことも。

でも、契っていないことまで喋《しゃべ》ったら、王弟に迷惑がかかるのか？

どうしよう。こんなふうに好きな相手に気持ちを伝えようとしたことなんて、初めてなんだ。勇気が出ない。判断がつかない。

誘惑しようなんて大胆なことを考えておきながら、告白して拒まれたらと思うと、やっぱり怖いとも思う。誘惑されてくれないのだから、告白しても迷惑に思われるだけで終わることは目に見えているし。それとも気持ちを伝えたら、なにか変わるだろうか。

迷ってぐるぐる考えている俺のむかいで、十四朗がうつむき、苦しげに眉を寄せた。

「……九里さまは好きでもない人とはするなとおっしゃった。その教えに従い、私は禁欲しています」

そう言って顔をあげ、静かな声で言った。

「私は一生、その人を想い続けるでしょう。けれでもその人には私の気持ちは届きません。そんな場合はどうしたらいいんでしょう」

俺は驚いて彼を見あげた。

「……できないのか?」

「はい」

「……好きな相手が、いるのか……?」

「好きで、抱きたくて、たまりません。でも、できません」

先日、十四朗は誰とでも抱きあうような言い方をしていたから、好きな相手はいないのだと思い込んでいたが、そうではなかったのか。

一生その相手を想い続けるだなんて宣言できてしまうほど、激しく想っているのか。それほど好きな相手がいるのか。

そうか……。

ふりむいてもらえる可能性なんて、やっぱり初めからなかったんだ……。

様々な感情が胸に吹き荒れる。焦げつくような苦みがのど元にこみあげ、目頭が熱くなり、涙で滲みそうになる。

俺は顔を伏せた。

「それは……諦めるしか、ないんだろうな……」

十四朗にむけて呟いた言葉は、俺の胸をえぐった。


頼みの綱のカミソリを使ってもだめだったし、十四朗には深く想っている相手がいるようだし、諦めるしかないんだろう。俺じゃやっぱり無理なんだ。

そう思いながらも諦めきれず、ぐずぐずと思い悩んで数日が過ぎたある日の夕食、部屋の隅にいる十四朗の気配を気にしながら煮物を食べていると、慣れない味がすることに気づいた。

考え事をしていたせいで、気づいたのは機械的に飲み込んだあとだった。

嚥下《えんか》したとたん、のどが焼け、胃の中がかっと熱くなった。

うわ。なんだこれ。

呻《うめ》いて口を押さえると、異変に気づいた十四朗がそばへ来た。

「いかがしました」

「これ……」

声が震える。

「お口にあいませんでしたか」

「違う」

胃の中で起きた熱は急激に身体中へ広がって、呼吸もままならないほど苦しくなり、覚えのある欲望を呼び覚ました。

まさかと思ったが、この身体の反応は間違いない。あれだ。

「……葱、入ってた」

「えっ」

「匂いが消えてたから、気づかず、食べてしまった」

いや。あのときといっしょではない。匂いをかいだときよりもおかしい。数倍強烈に欲情している。

この国では葱を食べると知ってから、俺の食事には葱を入れないように伝えてあったのだが、間違って混入したか。

「葱、食べたの、初めてで……くそ、なんだこれ」

身体の火照りが辛くて胸をつかむ。もう一方の手を十四朗へ伸ばした。

「どうしよ……十四朗、助けてくれ……」

「吐きだせますか」

「無理」

十四朗の腕が俺の背へまわされる。俺は身体を小刻みに震わせながら、その胸へすがりついた。

は、と息をついて、男の顔を見あげる。

穏やかで優しそうな、端正な顔。

俺を心配そうに見おろす赤みがかった瞳は、欲情の色は微塵《みじん》もなかった。けれども発情した俺と目があったら、飛び火したように熱を帯びた。その情熱的な男の色気が、俺の腰の辺りをぞくぞくさせる。

すっきりと清潔そうな唇はわずかに開いていて、くちづけてしまいたかった。

こいつには本気で好きな人がいる。だからこんなことをしてはだめだと思う。思うのに、欲望に支配されて理性が麻痺《まひ》する。

十四朗を困らせるのはわかるが、自分をとめられなかった。

せめていまだけでいい。身体だけでいい。十四朗に愛されたい。夢を見させてほしい。

「十四朗……」

名を呼びながら、吸い寄せられるように顔を近づける。

彼は魅入られたように動かない。

しかし寸前のところで、こらえるように眉をぎゅっと寄せた十四朗に、身体を押しやられた。

「秋芳殿を」

顔をそむけて立ちあがろうとする彼に、俺はとっさに抱きつき、子供のように顔を胸に埋めた。

「嫌だ」

「では、どうすれば」

どうしてほしいかなんて決まっている。

これまでに経験したことのない欲情に理性も羞恥心《しゅうちしん》もなくし、夢中で頼んだ。

「おまえが、どうにかしてくれ」

「私を誘惑されるのは……困ります」

無理やり身体を引きはがされそうになり、俺は絶望で大きく震えた。

前回はひとりで耐えたが、今回は無理だ。我慢なんてできない。助けてもらわないと、おかしくなりそうだ。

「ごめ……、迷惑なのはわかってる。でも」

俺は顔をあげて必死に十四朗を見つめた。苦しいのと拒まれた悲しみとで、いまにも泣きそうな顔をしているはずで、そんな顔を見せたくなかったが、なりふりなどかまっている余裕はなかった。

「頼む……抱いてくれ」

震える声で懇願すると、涙が溢れた。拒まれてもなお、十四朗を好きだという気持ちが溢れてとめられなかった。

「頼むから、いまだけでいいから……。秋芳じゃなく、おまえに、抱かれたいんだ」

「……九里さま……」

十四朗が息を詰めて俺を見つめてくる。

たぶんこのままでは、また逃げられてしまう。

そうさせないために、俺は思いきって顔を近づけ、唇を重ねた。

想いのすべてを伝えるつもりで強く唇を押しつける。するとこれまで硬直していた男の身体が大きく震えた。

唇が開いていたので、舌を伸ばして唇の内側を舐めた。とたん、きつく身体を抱きしめられた。

「んん……」

十四朗はなにかを吹っきったように豹変《ひょうへん》し、俺に覆い被《かぶ》さるように深くくちづけ、舌を伸ばして俺のそれに絡めてきた。

それは嵐のような激しさで、くちづけなんて初めての俺は翻弄《ほんろう》され、めまいを覚えた。呼吸を奪われ、むさぼるように舌を吸われ、歯列を舐められ、口内を隅々まで愛撫《あいぶ》されるうちに頭がぼんやりしてきて、身体の力が抜けてくる。

くちづけを交わしただけで、興奮しすぎてわけがわからなくなっていた。

熱を鎮めてほしかったのに、身体の奥から熾《おこ》る熱はいよいよ盛んに燃え、欲情が膨れあがる。理性もとうになく、制御できない。

重なっている唇が唾液《だえき》で濡《ぬ》れ、ひそやかな水音が響く。

もっと、どうにかしてほしい。

胸元をまさぐられる感触がして、俺はなかば夢心地で腰紐《こしひも》をほどいた。十四朗が唇を離す。道着を脱ぎ捨てると、十四朗の視線が俺の胸元へ注がれた。はっきりと欲望の浮かんだ熱いまなざし。俺以上に荒い呼吸をしている。

大きな手がじかに俺の胸へふれた。首のほうからすこしずつ下へおりていき、乳首に到達する。

びくりと震えた。

「っ……、そこ……」

「嫌ですか」

「ちが……」

指先でつつかれると、硬く勃ちあがってくる。それをつままれ、思わず甘い声をあげた。

すると十四朗がのどを鳴らし、強めにいじりはじめる。

「ん……っ」

身もだえするような快感がせりあげてきて、腰が甘く疼《うず》く。耐えられなくて抱きつこうとしたとき、突然十四朗が身を引いた。

「ちょっと、すみません」

「え……」

「その、シモの、鍵が……すぐに戻りますっ」

早口に叫んで、出て行ってしまった。

俺は声もなく呆然とした。

なんで。

また逃げられたのか？

こんな状態の身体を投げだされて、どうしたらいいんだ。

力なく畳に倒れ、俺は泣いてしまった。

しかし彼は言葉どおりすぐに戻ってきた。手には小瓶《こびん》を握りしめている。

「あ……」

「九里さま。お辛いのですか」

「戻ってきたのか……」

俺はほっとして身を起こし、泣いていたのを隠すように目をこすった。

「すぐに戻ると言ったつもりでしたが」

十四朗が俺の元へ膝《ひざ》をつく。その男の腕に、おずおずとふれる。

「……また、拒まれたのかと」

ふれても拒まれないのが、涙が出るほど嬉しい。

今度は十四朗のほうから、唇を重ねてきた。

いっとき離れた時間をとり戻すように濃厚なくちづけを交わす。

身体は昂《たか》ぶったままで、くちづけながらさわられると、俺はまた我を忘れた。

肌触りを確認するかのように、胸から腰へとじっくりとおりてきた手が、脱ぎかけた袴《はかま》の中へ潜り込んでくる。下着の上から中心をふれられ、身体が跳ねた。

「……っ」

異常に敏感になっているそこはふれられただけでも感じてしまう。

淫らな声をあげそうで必死に唇を噛《か》みしめるが、そんな抵抗を突き崩すように、男の手が淫らに動きはじめた。手は下着の中へ入り、じかにふれる。

じかにさわられただけでも衝撃だったが、さらに驚くことが次に待ちかまえていた。下着の中からとりだされ、小ぶりながら屹立《きつりつ》しているものを見られ、その上、十四朗の口に含まれたのだ。

先端を舐められ、吸うように茎を呑み込まれていく。衝撃の連続だが、その濃厚な快感の前では悠長に驚いてる余裕はなかった。またたくまに快楽の波に呑み込まれ、喘《あえ》ぎ声がのどから溢れた。

「あ……は……あ、あ」

舌と唇で刺激され、なんどか上下されたあとに口から離され、裏筋を丹念に舐められる。とてつもなく、気持ちがよかった。

自分の手でするのとは比較にならないほどで、おかしくなりそうだった。

快感で頭が痺《しび》れ、舌が干上がる。腰が揺れてしまう。内腿《うちもも》ががくがくと震えだす。下腹部も波打ち、我慢できないほど大きな波が唐突にやってきて、呑み込まれた。

「あ、う……っ」

目の奥で弾《はじ》けるような強い刺激があり、鋭い快感が背骨を突き抜けていった。先端から欲望が放出され、十四朗の鼻先をかすめて、俺の腹へ散る。

達した直後は、なにも考えられなかった。

荒い息をくり返し、身体を弛緩《しかん》させる。

「落ち着きましたか」

熱っぽいまなざしが見あげてくる。俺は即座に首をふった。

「まだ、足りない」

熱の一部は解放したが、身体の中は依然として燃えさかっている。もっと激しく、めちゃくちゃに壊れるほどにしてもらわなければ、熱は引きそうにない。

多くを言わずとも、十四朗は俺のまなざしから汲《く》みとってくれた。

俺の肩を押し、のしかかってくる。

俺は素直に後ろへ倒れようとしたが、翼の痛みでわずかに顔をしかめた。

十四朗がはっとして身を引く。

「あ……すみません。ケガが」

「いや、平気だから」

痛みよりも抱いてほしくて自ら横になろうとしたが、肩をつかまれてとめられた。

「だめですよ」

「やめるな」

肩にある男の手に、自分の手を重ねてすがる。

「いまのだけじゃ、足りないんだ。もっと……おまえが、ほしい。めちゃくちゃにしてくれていいから」

葱の催淫効果のせいで切羽詰まっていて、大胆なことをいくらでも言えた。

必要なら、もっと煽《あお》ることも言えそうだ。

俺の言葉に煽られて、男の瞳がいっきに燃えあがる。

「横むきに寝られますか」

興奮で十四朗の声がかすれていた。

「ん……」

畳に横たわると、脚にまとわりついていた袴と下着を脱がされる。

尻をそっと撫でられてから、上側の脚を持ちあげられた。

「いいんですね。ここに……私を、挿れて」

欲望のにじんだ低い声で確認される。

誰にも見せたことのない秘所を、見られている。

さすがに羞恥を覚えて、俺はどうにか頷いて、ぎゅっと目をつむった。

恥ずかしさと欲望で、尻が赤くなっていそうだ。すぼまりも、期待と緊張でひくついているかもしれない。大きく開かれた脚を閉じたくて力が入ってしまうが、どうにか耐えた。

「いいから、早く」

この羞恥と燻る熱から逃れたい一心で、十四朗を急かす。

「私の持ってきた潤滑剤でよろしいですか」

「なんでもいいから……っ」

入り口を指でふれられた。「ひっ」とちいさな悲鳴をあげ、そこに力を入れてしまう。

「すごく、綺麗《きれい》ですね。これで本当に毎日、秋芳殿と……」

それまで熱っぽいまなざしで俺の秘部を見ていた十四朗は、そこまで言って、不機嫌そうに押し黙った。どす黒い空気をまとい、予告なく秘部に顔を埋めた。

「あっ」

ぬるりと、舌が這《は》う感触に、大きな声をあげてしまった。

予想外の刺激に、力が入る。

「あ、やっ」

なにをされてもいいと思っていたが、そんなことをされるとは予想しておらず、反射的に脚を閉じようとした。しかし足腰をがっしりとつかまれていて、逃げられなかった。

「なんでもよろしいのでしょう。潤滑剤を使うつもりでしたが、やめます。私が舐めて差しあげます」

「や、あ……あぁ……」

尖《とが》らせた舌先でそこをこじ開けられる。無理やり舌が潜り込んできて、粘膜がひくひくと蠢《うごめ》き、それを閉めだそうとしてしまう。

「九里さま。力を抜いていただかないと」

「んぅ……」

そんなところを舐められているというのに、俺は感じていた。

熱い舌で中の粘膜をかきまわされ、溶かされるのが気持ちよくて、気づいたら涙を流して喘いでいた。

襞《ひだ》を広げられ、中をたっぷりと濡らされて、徐々に力が抜けてくると、舌だけでなく指も挿れられた。

「あ」

舌とは異なる硬い感触に、身体が驚く。

指は舌よりも奥へ入ってきて、閉ざされた道を広げ、唾液を送り込んでくる。

気持ちいい。けれどもじらされているようでもあった。

いちど解放したはずなのに、欲望は解放前よりも溜まっているようで、苦しさと緩い快感で泣けてくる。

「っ……、もう……十四朗」

「よろしいのですか」

「お願いだから、早く……」

男同士の場合はそこで繋《つな》がるのだろうとは見当がついていたし、よくほぐさないといけないのだろうとわかったが、もっと強い刺激がほしかった。早くどうにかしてほしい。

「まだ早いようですが……すみません。私もこれ以上辛抱できません」

片脚を肩に担がれ、限界まで大きく開かれる。

十四朗が着物の前を広げ、自分の猛《たけ》りをとりだした気配がした。

ほぐされて濡れた入り口に、硬く熱いものがふれた。と思った直後、それがぐぐっと中に押し込まれた。

「あ、あう……っ」

なにを押し込まれているのか疑いたくなるほどそれは太くて、全身を衝撃が貫いた。

栓《せん》をするように押し込まれるが、みちみちと音を立てるばかりで、奥まで入らない。

「く……っ」

十四朗が苦しげな息を吐いた。

「先端の、太いところは入りましたが……すこし、抜きますよ」

入ってきた太いものが、すこしだけ引きだされ、引きだされたぶんだけまた呑み込まされる。

「あ、あ……っ」

ぬぽぬぽと音を立てて、入り口を出たり入ったりする。苦しいが、発情した身体はすぐに慣れ、それ以上に大きな快感に包まれた。

中の浅いところで、こすられるとすごく気持ちいい場所があり、俺が大きく反応を示すと、気づいた十四朗が集中的にそこを攻めた。

「あ、あ……っ、は……ん」

快感を覚えると中が柔らかく蕩《とろ》けてきたようで、抜き差しするごとに、猛りがすこしずつ奥へ入ってくるようになった。

十四朗の猛りは太くて硬くて熱くて、それでそこをめいっぱい広げられると、苦しいのに壮絶に気持ちがよかった。

粘膜が俺の意思とは無関係に、太いそれにねっとりと絡みついて、締めつけ、蠢いてしまう。

やがてありえないほど奥まで埋め込まれた。

「ふ……あ、あ」

十四朗が前屈みになって、体重をかけてくる。肩に担がれた太腿が彼の胸に密着し、押し潰《つぶ》されるほど折りたたまれる。脚の付け根から繋がっている場所も彼の腹にぴったりと密着していた。

「あ……全部……?」

「はい。すべてあなたの中に入りました」

俺の中で、十四朗の熱い鼓動が粘膜越しに伝わった。

「すご…い……どくどくしてる」

「気持ちよくて、意識が飛びそうです」

上から見おろす男の顔は、快感をこらえるような、すこし辛そうな顔をしていた。

ああ、いま俺、十四朗と繋がってるんだ。

十四朗と契りを交わしているんだ。

そう思ったら、喜びと快感でわけがわからないほど興奮し、涙が溢れた。

俺、ずっとこうしたかったんだ。

「痛みますか」

涙を溢れさせた俺に、十四朗が焦った声をだす。俺は首をふり、感じたままを口にした。

「違う。おまえのが、硬くて、熱くて。気持ちよすぎて」

十四朗の瞳が興奮で燃えた。彼は大きく息を吸い込むと、腰を引いた。そして強く打ち込んできた。

「あっ、あっ！」

奥を貫かれると、身体の芯が痺れて甘く蕩けた。中のすべてを余すところなくこすりあげられ、溜まりにたまっていた身体の疼きが強烈な快楽となって身体中を駆け巡る。

「十四朗……十四朗……っ、あ……、あ、んっ」

快楽に溺《おぼ》れ、涙を流してうわごとのように男の名を呼ぶ。

腰を打ちつけられ、奥まで満たされるごとに体温があがり、快感が増す。

十四朗が入っている下腹部が熱くて気持ちよくてどうしようもない。そこから燃えさかる

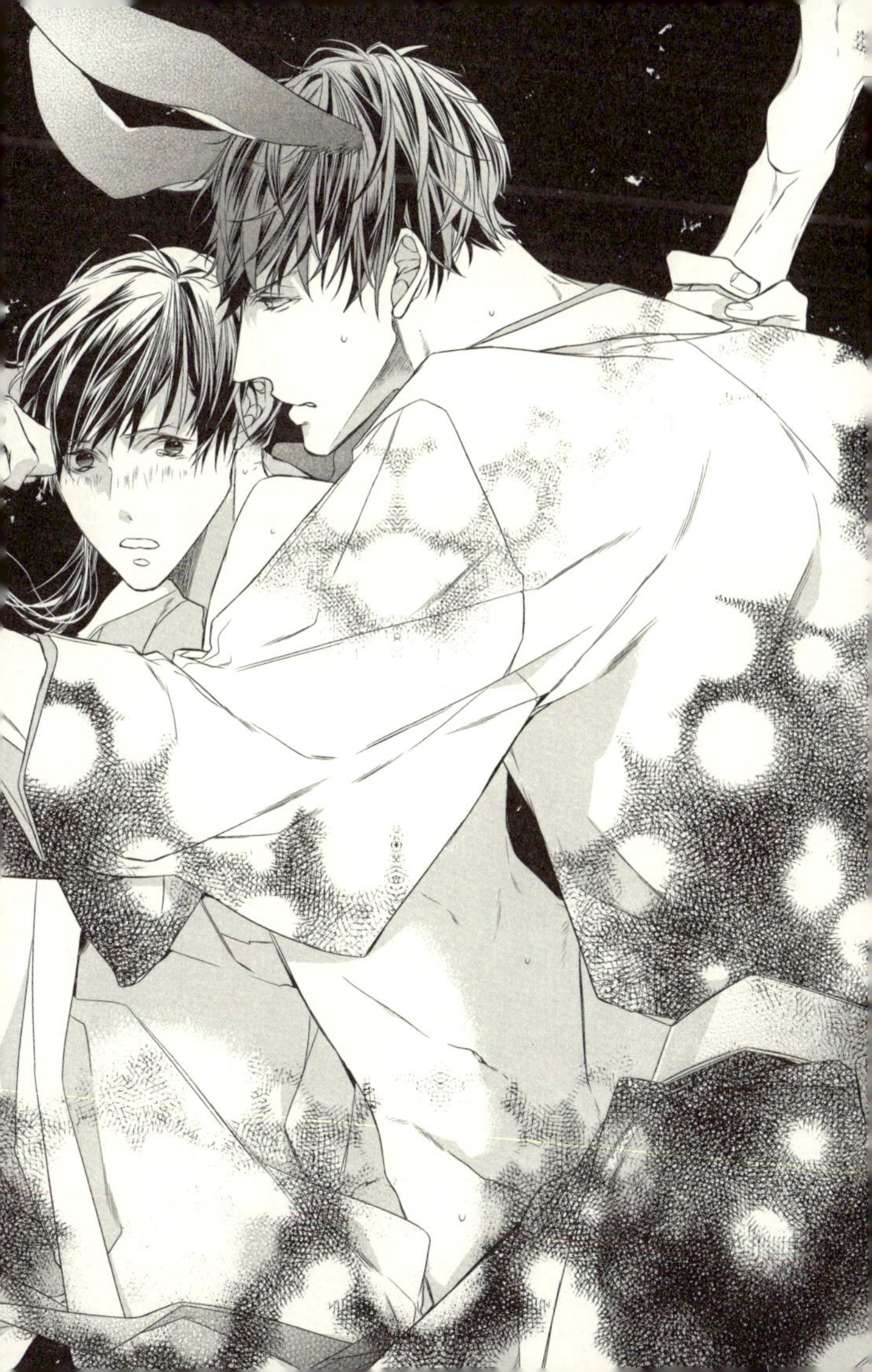

ほどの快感が生まれ、血流に乗って身体中を巡って下腹部へと戻ってくる。

玉の汗を全身からしたたらせ、恥じらいも忘れて快感に喘いでも、熱は発散されず、身体の中へ蓄積されていく。

腰がずっしりと重くなる。

「九里さま……秋芳殿には、中にださせてますか」

腰を動かしながら、ふいに尋ねられた。

「な、にが」

快楽に夢中になっている最中で、いっしゅんなにを訊かれているのかわからなかった。

「子種を、あなたの身体の中に」

「あ……ぁ、ださせて、ない……っ」

なぜそんなことを訊かれるのかよくわからないながらも答える。

やがて身体が震えるほどの快楽が押し寄せ、高みへと引きあげられる。脚が震える。ああ、くる。

「十四朗……も、だめ……あ、あ……、また、出るっ、ああ！」

我慢しきれないほど欲望が膨らみ、爆《は》ぜる。俺は悲鳴をあげて二度めの絶頂を迎えた。

粘度の高い体液がいきおいよく放出し、脱ぎ散らかしていた着物を汚した。

「あ、あ」

快感で粘膜が収縮する。ぷるぷると震えながら吐精していると、十四朗がくっとちいさくうめいた。動きがとまり、体内で太い猛りが震えた気がした。それからどくどくと、音を立てて奥を濡らされる。

中にだされている。

「あ……」

びっくりして反射的に腰を引きかけたが、十四朗の腕が俺の腰を強く引き寄せ、逃がそうとしない。絶対に中で遂げるという意思を感じさせる強い力で、すべてを中にだし終えるまで拘束された。

逃げやしないのに。それどころか、もっとほしかった。

熱く濡らされる感触がぞくぞくするほど刺激的で、それだけで達《い》きそうになるほど、よかった。

「十四朗」

俺は欲情に酔い、蕩けた顔で彼を見あげた。

「十四朗の、それ……もっと、ほしい」

「それ、とは。交わりですか」

「いま、俺の中にだしたの」

達ったばかりのはずなのに、身体の熱は収まらない。いくらでもほしかった。

「熱くて、すごく気持ちいいんだ……。奥に、もっといっぱい、注いで」

「……っ」

「もっと、いやらしいこと、してくれ」

俺のささやきを聞くなり、十四朗が獣《けもの》のようにのどを鳴らし、律動を再開した。だされたもののせいで中がぬるつき、抜き差しの速度があがる。これまでとは異なる感触で、それもまた気持ちがよかった。

「あ、あっ、ぁんっ……はぁ……っ」

尻が腫《は》れそうなほどがつがつと腰を打ちつけられ、初めは遠慮があったことを知る。激しい抜き差しで、入り口はどろどろだった。汗か、それとも中にだされたものが出てきたのか、打ち込まれるたびに、入り口のまわりに濡れる感触があり、それは尻の割れ目や脚の付け根にまで広がっていく。それすらも気持ちよくて、たぶん俺はもう、おかしくなっているのかもしれない。

「九里さま……っ」

「いい、……っ、もっとっ、あ、ぁ……っ」

十四朗はその後も俺の体内へなんども熱を放ち、俺を満足させた。

俺も数えきれないほど吐精し、やがて疲れ果てて意識を失った。

九

「九里さま……」

夢のようなひとときが終わると、私は奥の部屋に布団を敷き、意識のない九里を寝かせた。

禁欲を誓ってから数日が経過していた。

禁欲といっても自己処理はしていた。性欲の発散は睡眠や食事よりも重要で、さすがにそれすらしないとなると、命を削ることになる。

自己処理しているのだから問題ないだろうと最初は考えていたのだが、甘かった。

世話係になる前ならば余裕で過ごせただろうが、一日中ずっと九里といるのである。

誘惑されて、身が持たない。日に日に体調が悪くなってきていた。

あの瞳に見つめられると、本当に無自覚なのだろうかと疑わしくなってきて、理性が溶けてふらふらと近づきたくなった。抱きしめて、押し倒したくなった。

そばにいないときでも、彼のことを考えて頭がおかしくなりそうだった。

いつぞや、王弟が具合を悪くして倒れたことがあった。あれは変態的な交わりのしすぎで倒れたそうだが、自分は欲求不満で倒れると思った。

どうにかせねばと思いながらも、うまい抜け道が見つからず、悶々とする日々が続いた。すこしでもいいからふれたい。自分のものにしてしまいたいと朝も夜もなく想い続けてきた。

が、幸か不幸か葱のお陰で、ついに想いを遂げてしまった。

抱いている最中は夢中で、幸せで、夢のようだったが、彼の疲れた寝顔を見ているうちに頭が冷えてきて、なんてことをしてしまったのだろうかといまは思う。

抱いたことに悔いはない。罰を受けるのもいい。けれども二度と九里に近づけなくなるのが辛かった。

会いたくて会いたくて、ようやく会えた人だ。九里がほかの男に抱かれているのを指を咥《くわ》えて見ているしかない辛い状況でも、それでもそばにいたかった。いっときの快楽より、ずっとそばにいられることを望んでいたのに、求めに応じて抱いてしまった。

王弟よりも私がいいと言われては、抱かずにはいられなかった。

世話係の掟《おきて》を破ったのは自分だ。覚悟するしかない。

ことが発覚すれば、まもなく私は解雇され、ここを去ることになるだろうが、屋敷を去る前に、正直な気持ちを伝えたかった。

ひと言でいい。好きだと言いたい。

世話係であるあいだは伝えることはできなかったけれど、解雇されれば、自由だ。まだ、すこしは時間があるだろう。

私は眠っている九里の髪をそっと撫でた。

九里が目覚めたら、伝えようと決意した。


自室へ戻り、荷物をまとめておくことにしたが、元々物はすくないし整理してあるので、時間はかからなかった。九里はまだ寝ているだろうと思い、横になっているといつのまにか眠ってしまったようで、戸を叩く音で目が覚めた。

「十四朗。いるか」

王弟の声だった。

「はい」

返事をして戸を開けると、王弟が深刻な面持ちで立っていた。

「九里の居場所を知っているか」

「え……部屋にいらっしゃいませんか」

「いない。いつもの時間になったんで部屋へ行ってみたんだが、いなかったから時間をおいて出直してみたんだが、やっぱりいない。風呂場や庭も見てみたが、いないんだ。おまえは知らないんだな」

「は、い」

「あいつの行きそうな場所なんて、たいして思いつかないんだが。わかるか」

「いえ」

「わかった」

首をかしげながら、王弟がきびすを返す。

不安を覚え、私もそのあとを追った。

「秋芳殿」

「兎神と勇輝に訊いてみる。そこにいるといいんだが」

「ご自分で出かけたのでしょうか……」

「だったらいいんだがな」

王弟が表情を険しくし、短く言った。

悪い予感に、背筋がぞくりとした。

「おまえが最後に彼を見たのはいつだ」

「夕食のあと、しばらく……は、私も部屋におりましたが……お休みになったので、私は退室しまして、それきり」

「そんな時間から床についたのか？　めずらしいな」

「………………」

「どこに行くとも言ってなかったんだな」

「はい」

「兎神と違って、式神には警備がすくないからな……」

九里と交わったことを王弟に話すべきかとも思ったが、いまは行方《ゆくえ》を探すほうが先決だ。

王弟につき従って神々の部屋と奥屋敷を訪問したが九里はいない。

「部屋で争った形跡はある？」

奥屋敷の一室にて兎神に尋ねられ、私は首をふった。

「いいえ。私が退室したときとおなじように、片付いております」

王が口を挟む。

「彼には翼があるでしょう。散策のつもりで飛んでいる可能性もあるのでは」

「まだ治ってないいんじゃなかった？」

兎神の視線を受け、私は肯定した。

「動かそうとしただけで痛むようでした」

「誘拐か、自主的な行動かわからないけど、放ってはおけないよね。探そう」

誘拐と遭難の両方の線で一斉捜索となった。

海、山、街を探す部隊ができ、私は山を探すほうへ加わった。

山といっても国の北部に連なる連峰ではなく、屋敷の裏手にある低い山である。天狗《てんぐ》がいると言われていて誰も近づかないため、神を連れ去って隠れるならば、ここもあり得るのではないかということで、捜索することになった。

山の捜索隊は総勢二十人ほどで、二、三人ずつにまとまって、手分けをして山中を探す。組み分けし、連絡の伝達方法や、捜索順路などの確認をするのにも、時間を要した。

そうしてるうちにも刻一刻とときが過ぎ、九里が危険な目にあっているかもしれないのにと思うと冷静でいられなかった。

捜索開始となると、私は仲間を置いていきそうないきおいで山道を登っていった。

いっしょに探す男たちが私の背後で話している。

「ここにいるだろうか。誘拐するなら、馬で遠くに連れ去るんじゃないか。あとは、自宅に監禁するとか」

「馬を持ってるやつなんか、そうそういないだろ。自宅に監禁するったって、騒がれたらまわりにばれるし」

そう。九里の美しさに目がくらんだ衝動的な誘拐だとしたら、この山に逃げ込む可能性は高い。

九里は体力に自信があるようだが、我々人間の目から見たら華奢《きゃしゃ》で非力だし、私との激しい交わりの直後で疲れていて、乱暴されてもろくに抵抗もできないだろう。

ひどいことをされてないかと考えるだけで胸が苦しく、焦燥をこらえるために奥歯を噛みしめる。

足は自然と速まっていく。

「十四朗さん、ちょっと待って……もうすこし、ゆっくり」

私の速度について来られないようで、仲間は息を切らしていた。

「藪《やぶ》の奥も、もっとよく見ていこう。隠れているかもしれん」

たしかにそうだ。

ひとりで山に入って遭難したならば、あやまって道をはずれたとしても痕跡《こんせき》が残るだろうが、誘拐ならば足跡を消しながら藪の中を進むこともあるだろう。

提灯《ちょうちん》の明かりだけでは、暗い樹木の奥は見通せない。すぐそばにいたのに見落として犯人を逃がしたら、悔やんでも悔やみきれない。

頭を冷やして速度を落とし、辺りに注意を払いながら山中を進んだ。

自分たちの範囲を巡回しても、九里は見つからなかった。

集合場所の山のふもとへ戻ると、ほかの班も見つからなかったということだった。

「夜の山の捜索は危険だし、これ以上は無理だろう。いったん引きあげて、街の捜索に加わることにしよう」

山の捜索隊隊長である評議衆の田平《たへい》が決断をくだし、引きあげることになった。

「田平殿」

歩いていく田平に私は呼びかけた。

「私はここに残って、探したいと思います」

捜索したのは道のある範囲だけで、山の奥は探していないのだ。もうすこし粘ってもいいだろうと思えた。

「奥へ行く気か？　天狗がいて危険だぞ」

「無理はしません」

許可をもらい、私はひとりで山の中へ戻った。

人の道はすべて探したはずなので、藪の中へ入り、獣道を進む。夜道でも星や月が出ていれば明るいのだが、今夜はいまにも雨が降りだしそうな曇天、しかも木々のうっそうと生い茂る山の奥深くである。自分の足元すら見えない。それでも奥へ進んだ。

ここにいると信じているわけではない。ただ、中途半端な捜索で打ち切って、万が一ここにいたら後悔が残る。

もし自分が誘拐犯だったらと想像してみると、海や街よりも、この山の奥へ逃げ込むのではないかと思ったりもする。

ずんずんと山の奥へ分け入るうちに、やがて雨が降りだした。

「まいった……」

視界が悪くても、物音で人の気配は感じられると思ったのだが、雨の音がすべてをかき消してしまう。

これほど深くまで来たのも初めてで、これ以上無理をして進んでも、見つけられないどころか私が遭難してしまいそうだ。

ひとりでは限界か、と諦めかけたとき、奥のほうから人の叫び声のようなものが聞こえた。

あれは、まさか。

声のしたほうをふり返る。もういちど、声がした。今度は最初よりもはっきりと聞こえた。

間違いない。あの声は九里だ。

地を蹴り、声のしたほうへ全力でむかった。

シダの生える湿った土を抉《えぐ》るように走り、岩をよけながら坂道を転がりおり、藪をかきわけると、その先の木々のあいだに九里が立っていた。

そして九里を取り囲むように、数えきれないほどの大蛇が。

群れの中でもひときわ大きな一匹が、シュウッとのどを鳴らした。それを合図に大蛇たちがいっせいに九里へ襲いかかる。

「九里さま!」

私は木刀を構え、九里の前へ躍り出た。牙《きば》をむいて襲いかかってくる大蛇を一匹倒し、同時にもう一匹を手刀で打ち払った。

九里もどこかで拾ったであろう木の枝を手にし、蛇たちの襲撃を防いでいる。

私と彼は自然と背中あわせになり、次々にむかってくる大蛇と戦った。

雨の降る夜、視界は悪く、立地も最悪である。大蛇の動きは機敏でとらえ難く、木の上から飛んできたりもする。木刀が虚空を切る。したたる汗と雨水が目に入り、ふいをつかれたときに九里の死角へ入り込んだ一匹がいた。守ろうとしてとっさに腕を伸ばし、その腕へ噛みつかれた。素手で頭をつかみ、引きはがす。

九里は絶対に守る。傷ひとつつけずに。

気迫を込めて戦ううちに、襲いかかってくる数が減り、やがていっせいに退散していった。

木刀を支えにして、ぜいぜいと肩で息をつき、残っている敵はいないか見まわす。もう襲われる心配はなさそうだ。噛まれた腕のケガもたいしたことはないと確認し、背後をふり返る。

「おケガは」

私とおなじように荒い息をし、疲れた様子で膝に手をついていた彼は、私の問いかけを聞くや否や、急に山の奥へむかって駆けだした。

「九里さまっ？」

驚いて呼びかけ、私も後を追いかける。

九里は返事をせず、私から逃げるようにがむしゃらに駆けていくが、私のほうが足が速かった。まもなく追いつき、腕をつかむ。

つかまれてもなお九里は逃げようとしたが、私の腕力にはかなわないと悟ったようで、おとなしくなった。

「なぜ逃げるのです」

九里はうつむき、答えない。

「誘拐されたのではないのですね」

誘拐犯らしき者は見当たらない。私から逃げるということは、誘拐犯のところから逃げてきたということでもなさそうだ。

「ご自身の意思で、山に入られたのですか」

問いを重ねても、返事はない。

「どうしてか、伺いたい」

私は膝をつき、下から九里の顔を見あげた。

彼は、夜目にもはっきりわかるほど真っ赤な顔をしており、私の視線を避けるように横をむいた。

「九里さま。お答えください。大勢の者が捜索しているのです」

ふしぎに思いながらも強い口調で尋ねると、九里が困りきったような、泣きそうな顔をした。

ちいさな口を開くが、すぐに声は出てこない。逡巡《しゅんじゅん》するような時間をたっぷりあけて、

やがて観念したように、

「恥ずかしかったから、だ」

かぼそい声で告げられた。

「なにがですか」

「……おまえと顔をあわせるのが」

「私と？」

真っ赤な顔が、こくりと頷く。

「葱のせいで、俺、どうしようもなく身体がおかしくて。頭も、どうかしてたんだ。それで、おまえにあんなこと……いやらしいこと、言ったりして……。目が覚めてから、猛烈に恥ずかしくなって」

恥ずかしさのあまり恐慌状態に陥り、屋敷を飛びだし、目の前にあった山に突進したのだという。突然消えたことで屋敷の者が心配しているかもと気づける程度に頭が冷えた頃には、道に迷って帰れなくなったのだそうだ。

「つまり、私と交わったのが、不本意だったということですか」

「や、不本意じゃ……ない、けど、その、おまえに悪くて。おまえ、好きな相手がいるって話だったのに。俺があんな状態になったから、しかたなくつきあってくれたんだろ？」

九里への気持ちを言うに言えなくて、誤解させるような言い方をした自覚はあった。

あれを真に受けて、気を揉《も》んだのか。

「ご心配いりません。私は、あなたを抱けて、これ以上なく幸せでした。一生の思い出になると思っておりました」

私はためらうことなく、穏やかに打ち明けた。

「好きな相手というのは、あなたですから」

横をむいていたつぶらな瞳が、驚いたようにこちらをむいた。

視線がぶつかる。

私はまっすぐにその瞳をとらえながら、想いの丈を告白した。

「初めて会ったときから、お慕いしております」

九里が信じられないという顔をし、私をまじまじと見つめる。

おなじ想いを返してもらえるとは思っていない。

長年の想いがすこしでも伝わるといい。本当に私のすべてはあなただけなのだと、知ってもらいたい。

こうしてこの目で顔を見られるのは最後になるだろうから、よく目に焼き付けておこうと、私もじっと見つめた。

「うそだ」

だしぬけに九里が返してくれた言葉は、否定だった。

「うそではありません」

想いを込めて伝えたつもりがひと言で切り捨てられては、さすがに反論せずにはいられない。

「初めてお目にかかった九年前、十歳のときから想い続けておりました。どうしようもなく好きで、再会してからは心がとめられず、気がおかしくなりそうなほどに。今後おそばから離れたとしても、愛しております」

九里はますます真っ赤になり、うぐぐ、と妙なうめき声をあげる。

うろたえたように彼の足が一歩後ろへさがったので、また逃げられては困ると、細い手を握った。

「なんで……なんで……」

「申しわけありません。想う気持ちはとめられません」

恋慕の情を抱《いだ》いていながらそばにいたことを謝罪すると、彼が爆発したように、痛めていない左の翼を広げて叫んだ。

「そうじゃなくて！　俺を好きだって言うなら、だったら、どうしていままで、手をだしてこなかったんだ！」

「世話係ですので。神にふれてはいけない掟があります」

非常事態でもないのに世話係が神にふれたり、欲情した姿を見せたりすると、クビになることを話すと、九里の口があんぐりと開いた。

「なんだそれ……そんなの、知らなかった。初めて聞いた」

そういえば世話係の掟など、こちらとしては当然のことすぎて説明していなかった。

「ふれたら、世話係を解雇されます。そうしたらあなたのそばにいられなくなる。それはどうしても嫌だったので、耐えていました」

「全然、知らなかった……」

開いていた翼が閉じ、九里が呆然とする。そして見るまに目に涙をため、ほろりと溢れさせた。

「九里さま……？」

私は驚いて立ちあがった。しかしどうしたらいいのかわからない。

私の告白に嫌悪して泣いているという感じではない。

この状況で涙を流すというのは、ふつうに考えたら期待してしまいそうになる。しかしこの方は神で、私など相手にするはずもなく……。

涙の理由にとまどうが、泣かせているのは私だ。泣いてほしくなくて抱きしめたくなっていると、つかんでいた手を握り返された。

九里は頬を伝う涙も拭かず、呆然とした面持ちのまま見あげてきた。

「俺の事情も聞いてほしい……」

力のない、どこか夢見心地のような声で言う。

「もてなしだとか言って、秋芳と毎日していることになっているだろう。でもあれ、していない」

今度は私が驚く番だった。

「え……」

「していることにしないと、いろいろ面倒だからってことで、口裏をあわせていた」

「ですが、情事の……肌に痕が残っていたりとか」

「あれは、おまえに疑われそうだって秋芳が言うから。痕だけつけられた。それから、秋芳のことは、なんとも思ってない」

私の手を握る彼の手に、力が込められる。見あげてくる潤んだ瞳に、熱がともる。

「本当に好きな相手としか、俺は交わらない。好きでもない相手としなきゃならないことになったら、舌をかみ切って死んだほうがましだ。たとえ葱を食べていたとしても。だから……、さっきおまえとしたのが、初めてなんだ」

「……初めて……？」

まさか、生まれて初めてということなのか……？

そして、葱を食べていても、好きな相手としか交わらないと……？

驚愕の事実に私は声も出なかった。

はっきりと耳にしたにもかかわらず、にわかには信じられなくて、食い入るように見つめていると、すこし元に戻りかけていた彼の顔色が、ふたたび真っ赤になった。

それまで私を見つめていた瞳が、恥ずかしさを思いだしたように泳ぎ、そして下をむく。

「そうだよ初めてだったんだ。それなのにねだって、痴態をさらして……だから……、は、恥ずかしくなったって、しかたないだろっ」

我慢できず、私は華奢な身体を引き寄せ、腕に抱きしめた。

衝動のままに髪に顔を埋めると、雨の匂いに混じって、彼の甘い香りが鼻腔をくすぐった。

彼の腕が、遠慮がちに私の背にまわされる。

感動で、身体が熱い。

「これは夢でしょうか。ええ、夢ですね。夢でもいいです」

「ばか。夢じゃないぞ」

私の胸に、甘えるように彼が頬を寄せてきた。ひっそりと、すすり泣く息遣いが聞こえる。

この方は、毅然としているのに案外涙もろい。泣きそうな顔はたびたび見るし、実際に泣いているところを見るのはこの短期間で三度目だ。

涙もろいほうがこの方の本質なのだろう。本当は優しくもろいのに、だからこそ自分を保つために毅然としているのかもしれない。

「十四朗。濡れる」

しばらくして、九里が身を離そうとした。気がつけば雨脚が強まっていた。

「そこに洞穴があるんだ。雨宿りしよう」

指で示された先には、土砂崩れかなにかで自然発生したような、人が入れるほどの洞穴があった。

「この場所とりで、うっかり蛇ともめた」

歩み寄って中を覗くと、さほど広くはなく、大人ひとりが横になれる程度だったが、雨宿りにはじゅうぶんだった。高さもないので、ふたりでしゃがんで入り、肩を寄せあった。

「寒いでしょうから、こちらへ」

私はあぐらをかき、その上へ九里を抱えた。寒いことは事実だがそれは口実で、抱きしめていたかっただけだ。

横むきにすわる九里の肩が私にもたれてくる。

「あのな。もうひとつ、話があるんだが」

恥ずかしそうに、しかし大事なことを話すときのように慎重な顔つきで言う。

「九年前、俺の国へおまえが召喚された理由。あれ、魔術師が俺の伴侶を占って、呼び寄せたんだ」

「……伴侶?　私が?」

「親に反対されて、送り返すことになったんだ。でも俺は……俺も、おまえが忘れられなくて……」

最後のほうは消え入るような声で、そのまま口を閉ざしかけた九里だったが、ふり絞るように続けた。

「つ、つまりなにが言いたいかというと、俺たちは出会うべくして出会い、再会したんだと……」

しっかりと聞こえたというのに私は自分の耳が信じられず、彼を見つめた。

紅潮した頬。潤んだ瞳は恥ずかしさに耐えるように下の方を見ている。

「私はあなたの伴侶だと、そうおっしゃるのですね」

九里が言う「伴侶」は、とても重みを持っている。ただの交わりの相手でなく、唯一かけがえのない大事な相手を指している。

その相手が私だという。

恥ずかしそうにしながらもこくりと頷く九里を見ているうちに感動がこみあげ、身体が熱くなった。

「九里さま……」

愛らしい唇はすぐそばにある。彼の気持ちを知ったいま、我慢などできるわけがなかった。

「くちづけても、よろしいですか」

「訊くな、ばか」

耳まで赤くする彼に吸い寄せられるように顔を近づけ、唇を重ねた。

唇を軽く押しつけ、いったん離すと、もういちど角度を変えて深くくちづけ、舌を伸ばす。唇は初めからゆるく開いていて、すんなりと通してくれた。

彼の舌は歯列のところにあったが、ふれあったとたんに驚いたように奥へ引っ込んでしまった。

欲望に支配された私は躊躇《ちゅうちょ》せず追いかけ、絡める。誘うように舌の裏をくすぐると、気持ちよさそうな甘い声が漏れた。

「ん……ふぁ」

薄くちいさな舌は甘くて、すりあわせると蕩けそうなほど心地よい。奥まで舌を伸ばし、それから舌の側面を刺激してやると、彼の身体が感じたようにびくびくと震えた。

唇を離し、舌先で唇の内側を舐め、下唇を軽く挟んで吸う。そしてまた深く唇を重ねあわせて、舌を絡める。

唇からひそやかな水音が響き、完全に力が抜けたように九里の身体がもたれかかってきたのでくちづけを終わらせると、彼は息を弾ませながら、潤んだ瞳で見あげてきた。開いた唇は扇情的に濡れて艶《つや》めき、赤い舌が奥に覗く。目尻と頬を染め、夢見心地の蕩けそうな表情をしている。それらが私の腰を直撃した。

もっと、さわりたい。

腰を抱えていた手を胸元へ伸ばすと、恥ずかしそうに彼の視線が横へ流された。

鼓動が手のひらに伝わる。自分とおなじほどに速く強く高鳴っている。

「葱の効果は、収まりましたか」

「ん……たぶん」

うそでいいから、収まっていないと言ってくれたらよかったのに。

「本当に？」

私は道着の上から彼の胸を探った。乳首の膨らみを探し当てると、親指でそこをこする。

「あ……や、そこ」

布の上からふれただけでも感じている。その反応に煽られて、私も興奮する。

襟元《えりもと》から手を潜り込ませ、素肌にふれる。きめの細かくしっとりとした肌の感触を手のひらに記憶しながら横へすべらせていったとき、首筋の赤い痕が目についた。

王弟につけられた痕だ。

カッと嫉妬が燃えあがり、考えることなくそこに吸いつき、自分の印に変えた。

「あ、う……」

首筋が感じるのか、九里がのどをのけぞらせてせつなげな表情を見せる。

「秋芳殿にされたときも、そんな顔をしてみせたのですか」

「してな……あっ」

指先が胸の突起に到達し、ふれると、細い肩がびくりと揺れた。そこはすでに硬く勃ちあがっており、軽くつまむと、彼の口から甘い声がこぼれた。

赤い顔が、困ったようにふるふると左右にふられる。感じていることを如実に伝える仕草である。私はごくりとつばを呑み込み、強めにつまんだ。

「ん……っ！」

色っぽい声とせつなげな表情がたまらない。

「やはり、葱の効果が残っているのではないですか」

言いながら乳首への刺激を続け、もう片方の手で彼の袴と道着の紐をほどいてしまう。

「っ……、おかしいな……残ってるのかな。さっきまでは落ち着いてたのに、おまえにさわられたら、また……」

九里は本気でふしぎに思っているようで、ウブな表情でとまどっている。

そんな彼を愛しく思いながら前身頃を開くと、目がくらむほど白い肌が現れた。淡く色づく乳首はぷっくりと勃ちあがっており、指でいじっていないほうのそれを私は口に含んだ。

「ん、あ」

舌先で柔らかく押し潰し、吸いあげると、芯が硬く、こりこりしてくる。それに伴い、九里の息があがり、私の着物をつかむ細い手が震えだす。

「そこ……もう、ぁ……、いい、から……っ」

「ですが、ずいぶんと感じていらっしゃる」

「でも……、ん……ぁ」

気持ちよさそうな吐息に煽られて、舌と指でじっくりとそこを愛撫しているうちに、膝の上に乗っている彼の脚がもじもじと動きはじめ、愛撫を制止するように肩を押された。

「でも、その……十四朗……」

見れば、九里の道着が肩からすべり落ちていた。

「これじゃ、ちょっと寒いんだ」

彼はそれを羽織りなおそうともせず、身体のむきを変えた。

脚を開いて私の膝にまたがり、むきあうようにすわる。

「だから……、もっと熱くしてくれ」

言いながら、私の中心へそっとふれてきた。

私の中で、わずかに残っていた抑制がはじけ飛ぶ。

「九里さま」

細い身体を折れるほど強く抱きしめ、唇を重ねた。

「ん……」

唇を甘く吸い、舌を絡ませる。そうしながら彼の腰を浮かせ、袴と下着をおろしてしまう。

外気にふれて鳥肌立つ柔らかな双丘《そうきゅう》を撫で、後ろにふれた。そこはすこし前にした交わりのなごりで柔らかく綻《ほころ》び、潤んでいた。

「あ……待て、そこ、開くと……ぁ」

指を入れると、中からとろりとしたものが溢れてきた。先ほど私がだしたものだ。

「あ……ぁ……」

流れ落ちる感触に感じるのか、九里は私の肩にすがって震えている。

「俺、さっき……中にだせとか、変なことばかり言って……」

彼が赤くなって呟く。

「ねだるあなたが色っぽくて、私も興奮してたくさんだしてしまいました。ああ、まだ出てくる」

出てくる残滓《ざんし》を潤滑剤代わりにして、二本目の指を入れ、広げるように抜き差しする。

「や、んっ」

「奥を濡らされるのがいいんですよね」

すこしいやらしくささやいてみると、彼は蒸気が出そうなほど赤くなり、恥じ入るような表情をした。それがとてもかわいくて、言葉を重ねる。

「また中に注いで差しあげますね。指では届かないくらい奥に。もういいというほど、たくさん」

そこはすぐに三本目の指も呑み込んだが、私は焦らずに浅いところで指を広げてみたり、出し入れしてみたりした。

「先ほどが初めてだったのですよね」

初めて抱いたときは夢中で配慮が至らなかったが、今度はきちんとよくしてやりたい。

「そう……、……っ」

「痛かったのではありませんか。そうとは知らず、私は夢中で……」

「っ……平気。葱の作用がすごかったし、おまえ、優しかった……っ、から……、ふ……っ、ん……」

鼻から抜ける息が色っぽい。

中を探るように指を動かし続けると、とある一点で彼の反応が桁違《けたちが》いに大きくなった。

「あ、や？　あぁ……っ」

唇が離れ、彼の背がのけぞる。

ここだ。

見つけた場所を強く押してみると、内部が柔らかく溶けた。九里が快感に喘ぐ。

「あ、あっ……十四朗、そこ、だめっ……、ああっ」

だめと言いながら彼の腰は淫らに揺れ、内部は指を締めつけてくる。

私の愛撫で感じてくれているのが嬉しくて興奮が高まる。

「だめだって……、ん、ぁ……、頼むから、おまえの……」

九里の手が先を促すように私の着物の前身頃を開く。そして、

「……お、い」

私の平らな胸元を目にするなり、快感をつかのま忘れたように目を丸くした。

「はい」

「おまえ、乳首はどこに置いてきた？」

「初めからありません。人間の男には、乳首はないのですよ」

「………」

九里が絶句する。

人間にとってはあたりまえのことだ。それをいままで知らなかったということは、本当に王弟と抱きあっていなかっただけでなく、ほかの男の裸も見ていなかったということで、その初々しさに嬉しくなる。

「乳首があるのは、女性と神だけです」

私は説明しながら彼の中から指を引き抜き、自分で着物をくつろげると、下着から猛ったものをとりだした。

「え」

それを見た九里が今度はあ然とした。

「なにか」

「な……、なんだそれ……」

「なんだと言われましても」

「……そんなのが、俺の中に入ったのか……？」

なにかと思ったら、大きさに驚いているらしい。私のは標準的な大きさで、驚かれるようなしろものではないはずなのだが。そう思ったが、人間のこれを見るのが初めてならば、驚くのも無理はないのかもしれないと気づいた。なにしろ神のものは小ぶりでかわいい。

「やめますか」

「いや……」

九里は恐ろしげにごくりとつばを呑み込んだが、思いきったように私の首に腕をまわしてしがみついてきた。

「さっきは入ったんだし……。挿れてくれ」

「ではゆっくり挿れますから、やめたかったらおっしゃってください」

彼の腰をつかんで軽く浮かせ、入り口に猛りを当てた。そこはぬるぬるしていて、軽く押し当てただけで、むに、と口を開き、先端を包み込む。

彼の腰をさげ、ずっぷりと貫いていった。

神のそこは柔らかく、温かく、いやらしく濡れていて、吸いつくように締めつけてくる。挿れただけでも達きそうになる、こんな身体は初めてだった。いちど味わうと、もうほかの誰も抱けなくなる。

「あ……ふ……」

九里が絶え入るような声を漏らしていたが、苦痛によるものではないのは身体の反応でわかる。

今度はじゅうぶんにほぐれていたので、はじめから無理なく付け根まで収まった。

自分の分身が彼の身体の奥深くまで埋め込まれ、ひとつに繋がったのだと思うと、興奮で血が沸き立つようだった。

愛しい人に受け入れてもらえた喜びと幸福感で満ち、それと同時に彼の体内へ己の情熱を注ぎ込みたい欲望で頭がいっぱいになる。

「苦しくないですか」

「平気」

大きく呼吸をしている彼の頬にくちづけ、私の大きさに彼がなじむのを待ってから、腰を揺らしはじめた。

「あ……あっあっ」

気持ちよくて腰が蕩ける。九里もよさそうなので、遠慮を捨てておおきく律動した。

彼の感じる浅いところを狙って突くと、中が痙攣《けいれん》したように蠕動《ぜんどう》する。奥まで貫くと、全体がきゅうっと引き絞られ、引き抜くのを嫌がるように粘膜が絡みついてくる。

「あっ、そんな奥まで……、や、奥……っ、なんか、変……っ、待ってくれ」

「でも、奥に、私の子種がほしいのでしょう？」

口では制止を求められたが、身体はよがり、続きを催促している。感じすぎることにうろたえているだけなのだろう。そんな理性など吹き飛ばしてやろうと、奥までずぶりと突いてやった。

「あっ、ぁん！」

素早く彼の腰をあげ、亀頭部が抜けるぎりぎりまで茎をだしたら、おなじいきおいで奥まで押し込む。すると粘膜が喜ぶように収縮し、猛りを締めつけた。

たまらなく、いやらしい身体だった。

甘く激しい快感が腰から駆け抜け、身体がさらに熱くなる。

気持ちよくて我慢できない。すぐに熱が溜まり、彼の奥に予告なく精を放った。先端がじわりと濡れる。

「あ、あ……中、熱い……っ」

九里の身体が痺れたように震える。

「中にだしたの、わかりますか？」

「わかる……、すご……気持ちい……かけられたところ、じわっとして……溶けそう……」

声を詰まらせ、快感に耐えるようにしがみついてくる。

「では、もういちど、おなじところにたっぷりかけてあげます」

もっとよくしてやりたくて、私は彼の腰をあげた。

めいっぱい広がった彼の入り口から太い茎が姿を現すと、遅れて中にだしたものもどろりとこぼれてくる。浮き出た血管に沿って流れ落ちる白濁が、赤黒い茎をらせん状に濡らしていく。白濁が猛りの付け根の茂みにまで到達したとき、いっきに彼の腰を落として貫いた。

いやらしい水音がして、結合部から体液が飛び散る。

「ひぁっ、あっ！　んんっ」

それから小刻みな抜き差しを激しく続ける。律動にあわせて九里の口から喘ぎ声が漏れ、下からはぐちゅんぐちゅんと泡立つような音がして、狭い洞穴に響く。

「九里さま……っ」

「あ、もう……っ、んぁ、っ……じゅうし、ろっ」

彼の中心が先走りを溢れさせる。ひときわ深く奥を突いてやると、彼が身体を丸めて熱を放った。

「ん――っ」

私も続けてびゅくびゅくと音が出るほどいきおいよく奥に放ち、動きをとめた。動きをとめたあとでも、猛りが震えながら精を注ぐ。

「は……」

九里の四肢が快感でちいさく痙攣し、内部は精を呑み込もうとするごとく淫らに蠕動する。

注ぎ終えると、九里が満足そうな吐息をこぼし、くたりと脱力してもたれかかってきた。

身体を繋げたまま、私はその身体を抱きしめた。

髪を撫で、背を撫でる。

「あのさ」

荒かった呼吸が落ち着いてきた頃、甘えるようにささやかれた。

「こういうこと、もうほかの誰ともしないでほしいんだが」

私は彼の長い髪をひと房手にとり、くちづけて言った。

「誓います」

解雇されたら、こうして九里と抱きあうこともできない。それでも私は誓った。離れることになっても、もう九里以外の誰とも抱きあうことはないだろうと確信していたから。

身体が落ち着くまでしばらくそうしていて、気がついたら雨がやんでいた。

もっと抱きあっていたかったが、私は身体を離した。

「帰りましょう。みんなに、見つかったと知らせないと」

九里がこくりと頷く。想いを伝えあったあとでは、ことさら愛らしい仕草に見える。

「そうだな。おおごとにしてしまって、申しわけないな」

彼は照れ隠しのようにしかめつらをして、着物を直す。

互いに身支度を調え終えると、洞穴から出て帰路へついた。

九里を抱えて帰ろうとしたのだが、歩けるというのでふたりで並んで歩く。

「戻ったら、事情を話さなきゃいけないよな……あー、恥ずかし」

「散歩に出ていたとごまかしますか」

「いや。正直に言う。おまえとの仲を認めてもらう、いい機会だ。俺はおまえをクビにさせない」

九里はきっぱりと言いきったあと、ふと不安げに瞳を揺らした。

「公言するのは、嫌か」

自信なさそうに尋ねてくる彼が、たまらなく愛しい。私は思わず足をとめ、彼の手を握った。

「できることなら、全国民に知らせたいぐらいです」

九里が照れたような顔をしながら、手を握り返してくれる。

「ふれちゃいけないって掟って、どの程度の強制力があるんだ」

手を繫いで、ゆっくりと歩きだす。

「誘ったのは俺だ。俺が望んだんだ。それなのに解雇ってことはないよな」

「どうでしょうか」

「難関は神主だな。難しいようだったら、秋芳に口添えしてもらおう。すくなくともあいつは味方だ。俺たちの仲が公認になれば、俺の部屋を訪問する必要がなくなって、以前のように夜の時間を那須と過ごせるようになって喜ぶだろ」

口ぶりから、本当に王弟のことをなんとも思っていないことが伝わった。

「あ、でも全部正直に話すと、秋芳の立場がまずいか。多少は脚色しなきゃな」

九里は考えるような顔をしたあと、私を見あげ、照れくさそうに笑った。

「ともかく俺たちの仲は認めてもらおう。だめだっていうなら、駆け落ちでもすればいい」

その迷いのない言葉が嬉しかった。


屋敷へ戻ると九里は失踪《しっそう》していた事情を話すと言って、王や神々、評議衆を評議所へ集めた。

私は九里の後ろに控え、様子を窺《うかが》う。

「まず、心配をかけ、迷惑をかけたことを謝る。すまなかった。もてなしの件で、ひとりで考えたかったんだ」

「天狗山の天狗に連れ去られたのではなかったのですか。天狗山で見つかったと聞いて、てっきり。九里さまは翼があるので、仲間と間違われたのかと」

「いや、違うんだ」

考え事に没頭し、道に迷っていたのだと言い、深く頭をさげると、顔をあげ、一同に視線をめぐらす。そして相談でも希望でもなく、断定の形で宣言した。

「夜の交わりの相手を、秋芳ではなく、十四朗に変える。秋芳とは、相性がいまいちなんだ」

王弟とは関係していなかったと正直に話してしまうと、王弟が罰を食らいかねないので、そういう理由にしたのだった。

どんな反応が返ってくるかと私は評議衆たちを見まわした。

佐衛門が重々しい口調で尋ねる。

「十四朗でよろしいのですか」

「十四朗が、いいんだ」

「なるほど。わかりました。式神がそう望むのでしたら」

佐衛門の返事はあっさりしたものだった。

「我々もじつは懸念していたのです。秋芳殿はすでに那須さまに調教されており、使い物にならなくなっていましたから」

評議衆たちがうんうんと頷く。

「九里さまは那須さまほど耳に興味を持っておらぬ様子でしたので、変態行為に染まってしまった秋芳殿では、うまくいかないやもと思っておったのです」

「耳？」

九里は意味がわからぬように怪訝《けげん》な顔をして聞き返していたが、一同は聞き流していたし、九里もそのうち忘れてしまったようだった。

「秋芳殿、なにか意見は」

「いや、まったくもってそのとおりです。評議衆のみんなの言うとおり、勇輝、那須さま以外には使い物にならず、九里さまにご満足いただけなくて。うん、十四朗なら俺も推薦します」

佐衛門が私に目をむける。

「十四朗。よろしいか」

「はい。誠心誠意、務めます」

兎神や那須の式神は九里と王弟が関係していないことを知っていたのか、安堵《あんど》したような顔をしていた。

王はやや難しそうな顔をしていたが、異議は唱えず、了承してくれた。

話がまとまり、解散となったあと、私は九里とともに彼の部屋へ入った。

「よかった、な」

へへ、と力が抜けたように九里が笑みをこぼす。みんなの前ではきりっとしていたのに、ふたりきりになるとこんな顔を見せてくれるだなんて、もう、この方はどうしてくれよう。

「ふれてもよろしいですか」

「もう、いちいち訊かなくていい」

九里が赤くなる。怒った顔をして見せているが、本当に怒っているわけではなく照れ隠しなのは目の動きや顔の赤みで一目瞭然《りょうぜん》である。

頬にふれると、九里が顔をあげた。視線が絡み、しばし見つめあう。

しかしそれはほんのひとときだった。九里が顔だけでなく耳や首まで赤く染め、耐えきれないというように横をむいてしまったからだ。

「だ、だめだ」

きっぱりと言ったかと思うと、急いで首をふる。

「あ、いや、嫌なんじゃなくて、その、心の準備というか」

私に誤解させたかと、焦っているらしい。かわいい。

照れているのが伝わって、口元が緩みそうになる。

私が顔を近づけると、彼は目をそらしたまま、顔をこちらへむけてくれた。

そっとくちづけると、優しく幸せな味がした。

唇を離すと、九里が「十四朗」と私の名をささやきながら見あげてきた。

「まだちゃんと言っていなかったから、言っておく。俺は、故郷へ戻ることはない。むこうに帰っても俺の居場所はない」

ひと呼吸して、はっきりと言う。

「ここで生かせてもらえるなら、そうしたい。ここでおまえと生きたい」

照れもせずまじめな顔で私を見あげてくる、その真摯な表情に彼の本気が窺えた。

「九里さま……」

感動のあまり続く言葉が見つからず、ひしと見つめ返した、その刹那《せつな》。部屋の中央から目を覆うほどの閃光が放たれた。

「っ⁉」

とっさに九里を背にかばい、腕で光を防ぎながら目をこらすと、畳に見慣れぬ文字と円が浮かびあがり、突如として人がふたり、そこから現れた。

ふたりとも黒い翼を持った壮年の男で、九里が初めてここへ来たときとおなじような服装をしている。

光が徐々に弱まり、人の姿がはっきりと見えてくると、背後にいた九里が驚いた様子で前へ出た。

「伊予《いよ》。おまえ」

「九里さま！」

知りあいらしく、男のひとりが九里を見るなり目を潤ませ、膝をついた。

「ああ、本当に生きていらしたのですね。嵐で亡くなったものと思っておりましたが、この魔術師が生きていると言うので、藁《わら》にもすがる思いで探させたのです」

九里がもうひとりの男へ目をむける。

「そうか。おまえはいつぞやの」

「お久しぶりでございます」

男が一礼するのを九里は黙って見つめ、それから跪《ひざまず》く男のほうへ視線を戻す。

「伊予、心配をかけた。おまえも生き延びていたんだな」

「はい。仲間は複数おります。九里さまさえいれば、我らはまだ戦えます」

九里が眉をひそめた。

「なにを言っている。俺たちは負けた。決着はついたんだ」

「まだです。奪われた領土をとり返すのです。戦いましょう、九里さま。一族再興のためには九里さまが不可欠なのです！」

男たちは神ほど美しくないが、眷属《けんぞく》なのだろうか。九里を連れ戻そうと必死に説得していた。戻ってほしくない。

せっかく気持ちを伝えあったというのに、離ればなれになるだなんて耐えられない。

しかしかの国にもなにやら事情がありそうで、九里の心が揺れやしないかと不安になった。焦燥で鼓動が早まる。固唾《かたず》を呑んで見守る中、言いあいは続く。

男は粘り強く交渉していた。

人の名前や政治情勢など、私には理解できない内容が続いたが、九里は男の求めに理解を示しながらも、迷いを見せることなく、一貫して拒否し続けていた。

しばらくして、最終結論のように九里が言った。

「これ以上は無駄死にを増やすだけだ。新たな施政者が鳥族の民に苦役を強いていないのならば、いいと思う」

「九里さま」

「帰ってくれ。俺は戻らない」

「そんな……」

男が私を睨んだ。

「魔術師から聞いております。ここは、あのような珍妙な者が跋扈《ばっこ》する地だと。あなたさまがこんなところで暮らしていると想像すると身の毛がよだちます。我ら一族の血が汚れます。どうか私とともにお戻りください」

九里が静かに男を見つめた。

「俺はここで生きる。おまえも新たな人生を歩め」

「一族の誇りを忘れたのですか！　翼に誓った誇りは、どこへ行ったのですか！」

男は吠《ほ》えるように叫ぶと、立ちあがり、九里へ近づいた。

私は彼を遮ろうとしたが、それより早く九里が動いた。

「伊予。借りるぞ」

ひと言って男が佩《は》いていた腰の剣を引き抜き、自分の背中、翼の付け根へあてがう。剣を持つ九里の手が力を込める。

「あっ！」

男が驚愕の声をあげた。

肉と骨が切れる音がし、ふたつの翼がごとりと畳に落ちた。

「どうしても再起の旗印がほしいなら、これでじゅうぶんだろう。持っていけ」

九里は血の流れる翼を拾いあげると、畳に描かれた円の中へ無造作に放り投げた。魔術師へ言う。

「帰ってくれ」

魔術師がかすかに頷き、なにやら念じた。瞬間、出現したときとおなじように閃光が走り、男ふたりは夢のように消えた。

「……っ」

九里ががくりと膝をつく。

「九里さま！」

出血がひどく、顔色は蒼白《そうはく》だ。私は急いで自分の帯をとき、それで彼の翼の付け根を止血した。それから大声で人を呼ぶ。

まもなく医者がやってきて、大がかりな手術となった。

湯や布巾《ふきん》、消毒薬など、医師の指示するままに準備を整え、それが済むと私にできることはなくなり、しかし心配は増大し、縫合中ではあるが、九里の手を握った。

意識を保っていた九里が、うっすらと私を見あげる。

「心配するな」

「しかし、翼は大事なものだと」

翼は九里にとって、手や足よりも大事な、自分であることの証《あかし》なのだと言っていたのに。

「いいんだ。これでよかったんだ」

傷が痛むはずなのに、九里はひたいに汗をにじませながらも晴れやかに笑った。


日差しが暖かくなり、若葉が芽吹きはじめた頃、毎年恒例の東京《とうきょう》市《し》尻相撲《しりずもう》大会が開催された。

場所は役場前の広場で、桟敷《さじき》席と土俵が作られ、大勢の観客で賑《にぎ》わっている。

希望者は十五歳以上ならば誰でも参加でき、腕自慢ならぬ尻自慢が市内から集まった。

毎年参加している私は今年も参加し、順当に勝ちあがっていったのだが、準々決勝で王弟に負けてしまった。

王弟は決勝戦で初出場の十五歳に負けた。

例年でいったらこの十五歳が優勝者ということになるのだが、今年はこれで終わらない。

じつは特別枠として、那須が参戦するのだ。決勝で勝ち進んだ者は那須と対戦する。

「くっそ。絶対勝ち進んで、俺が勇輝の相手をするって決めてたのに……」

たったいま試合を終えた王弟が歯ぎしりしながら桟敷席へ戻ってきた。

「泣くな秋芳、俺がおまえの敵を討ってやる」

勇敢に土俵へむかう那須の背を見送りながら、王弟がぼやく。

「そうじゃなくてさ……おまえの尻が俺以外のやつとふれあうってのが……」

九里も出たがったのだが、ケガが完治していないので断念した。私は正直、ケガが治ってなくてよかったと胸を撫でおろした。

「そうそう九里くん。俺も一昨日《おととい》、裏の天狗山に行ってみたんだ」

兎神がとなりにすわる九里に話しかけた。

近頃は九里も兎神や那須と親しくするようになっている。

そんな彼らを、後ろに控えている私は内心で嬉しく思いながら聞き耳を立てる。

九里がここに馴染《なじ》みはじめたことが嬉しい反面、私だけの彼ではなくなってしまうようで、独占欲が疼いたりもする。

「あそこ、テングダケがたくさん生えてるんだな」

「テングダケ？」

「毒キノコだよ。だから食べちゃだめだよ」

すこし離れた場所にいた佐衛門の耳にも話が届いたようで、口を挟んできた。

「兎神は天狗山の天狗と面会されたのですか」

「いや、会ってないです。ていうか、聖人正男《まさお》があの山を天狗山って名付けたのはテングダケがあるからで、天狗がいるわけじゃないんじゃないかと」

「天狗が九里さまの翼をほしがって、奪ったのではないのですか」

そんな話をしているあいだに那須が土俵にあがっていた。

挑戦者は裸にふんどし一枚という格好だが、那須は着物を着ている。着用のままというのが那須の出場の条件だったのだ。

ふたりは背をむける前に、むかいあって一礼した。その直後、那須は着物の裾《すそ》をまくりあげ、白く美しい脚をさらした。もちろん下着を着けているが、なんとなまめかしい。

衝撃で会場がどよめいた。

「あいつ、ばか……っ」

王弟が立ちあがる。

対戦者の十五歳は、神のナマ脚を見て立ちすくみ、うっとうめいて失神してしまった。若者には目の毒だ。

「え、おい？」

那須が着物を元に戻して倒れた十五歳に駆け寄り、遅れて行司や警備の者が集まる。

「勇輝、なんであんな格好しやがった！」

「だって、まくったほうが動きやすいじゃないか！」

騒ぎのうちに十五歳は運ばれ、最終戦は那須の不戦勝、つまり那須が優勝者となった。

那須は納得のいかない顔をしていたが、王と兎神から褒美をもらい、振る舞われた酒を飲んでいるうちにご機嫌になっていた。

相撲が終わったあとも、民が踊りを踊ったり、ごちそうが振る舞われたりして会場の賑やかさは続いている。

そんな中を、九里とまわった。

「みんな楽しそうだ。ここはいいところだな」

九里がどこか遠い目をして呟いた。

月のことを思いだしているのかもしれない。

翼を捨ててまで、私と共に生きることを選んでくれた彼の気持ちを思うと、せつないような気持ちがこみあげてくる。

全身全霊をかけて、この方を大切にしたい。

改めてそう思っていると、彼の茶色の瞳が明るく見あげてきた。

「ところで。ここではウサ耳にさわることが、とてもはれんちな行為なのだと聞いたんだが、本当か」

口にするのもはばかられることを、九里が頓着《とんちゃく》なく言う。私はすこし顔を赤らめ、声をひそめた。

「そうです。ですから那須さまには、みんな警戒してあまり近づこうとしません」

「なるほど」

九里は頷くと、いきなり手を伸ばして私の耳をむんずとつかんだ。

「な……っ」

公衆の面前であり、あちこちから悲鳴があがる。

あまりのことに私は固まった。

「こうするといいと、秋芳から聞いたんだ。これで俺たちの仲を邪魔するやつはいなくなるんだって——ん？　なにを泣きそうな顔をしてるんだ？　そこまで嫌なことだったのか？」

「……いえ。おかまいなく。どうぞ好きにさわってやってください……」

やはり私の九里も変態さんだったのか……。

それでもいいと思えてしまう私は重症なのか、それとも変態の素質が元々あったのか。

私の伴侶。

耳をさわられても九里への愛は変わらない。

耳をつかまれたまま、私は永遠の愛を心の中で誓い、彼を抱きしめた。

あとがき

こんにちは、松雪奈々です。このたびは「ウサギの国のキュウリ」をお手にとっていただき、ありがとうございます。

ウサギの国シリーズ第三弾です。

「ウサギの国のナス」のあとがきにて、那須くんにするか九里くんにするか迷ったと書きましたが、あれは冗談でして、あの時点では九里くんの話を書くつもりはなく、もし続きを書かせていただけるとしたら稲葉カップルメインで山探検かなあ、などと思っていたのですが、ある日突然、九里くんにネギを背負ってもらいたくてたまらなくなり、こんな話になりました。

ええと、初稿ではもっとシュールな内容でした。

でもこれじゃ誰もついてこれないんじゃないかと不安になって、書き直してみたのですが、どうでしょうか……。

この本で初めてウサギシリーズを手にとった方にもわかるように、いちおう気をつけてみたのですが、でもやっぱり初見の人には意味不明かもしれません……。すみません。この作品を読む前に、「ウサギの王国」「ウサギの国のナス」を一読することをお勧めします。

今回のイラストはコウキ。先生です。

前二作とのバランスを考慮して、いろいろな試みを提案してくださいました。たとえば表紙のウサギ、前作が一羽だったから今度は二羽にしようだとか、ラストのイラストは「ナス」の最初のイラストを踏襲するだとか。

なるほどと感心しつつ、とても楽しく作業させていただきました。先生、ありがとうございました。

そして編集者様、大変お世話になりました。このお話が出版までこぎ着けることができたのは、ひとえに編集者様の尽力のおかげです。また、いつもお世話になっておりますデザイナー様、校正者様にも感謝です。

それでは読者の皆様、またどこかでお会いしましょう。

二〇一四年四月

松雪奈々

✦初出　ウサギの国のキュウリ……………書き下ろし

松雪奈々先生、コウキ。先生へのお便り、本作品に関するご意見、ご感想などは
〒151-0051 東京都渋谷区千駄ヶ谷 4-9-7
幻冬舎コミックス　ルチル文庫「ウサギの国のキュウリ」係まで。

RB 幻冬舎ルチル文庫

ウサギの国のキュウリ

2014年5月20日　　第1刷発行

✦著者　松雪奈々　まつゆき なな

✦発行人　伊藤嘉彦

✦発行元　株式会社 幻冬舎コミックス
〒151-0051 東京都渋谷区千駄ヶ谷 4-9-7
電話 03(5411)6431［編集］

✦発売元　株式会社 幻冬舎
〒151-0051 東京都渋谷区千駄ヶ谷 4-9-7
電話 03(5411)6222［営業］
振替 00120-8-767643

✦印刷・製本所　中央精版印刷株式会社

✦検印廃止

ISBN978-4-344-83132-2　C0193　Printed in Japan